追梦少年

〔美〕路易斯·萨奇尔 著

徐海幊 译

SMALL
STEPS

南海出版公司

新经典文化股份有限公司
www.readinglife.com
出　品

献给劳拉和南希，感谢你们教了我很多东西

1

胳肢窝又一次拿起了铲子，只是现如今他能拿到报酬了，每小时七美元六十五美分。他在雨溪灌溉及景观美化工程公司工作。现在他正沿着奥斯汀市长家的侧院挖一条沟。这位女市长的名字非比寻常，居然叫樱桃巷①。当铲子穿过土层时，他小心翼翼地尽量保持草皮的完整，以便事后好把草皮放回原处。他的铲子很短，铲片是长方形的，一点也不像他当年在翠湖营青少年教养所里用的那种五英尺长的尖头铲。

汗珠从他带有雨溪公司标志的红帽子下冒出来，衬衫已经湿透了。但这些跟他绰号的由来没什么关系。

---

① 英文原文为 Cherry Lane，意译为樱桃巷。

那差不多是三年前的事了，到翠湖营的头一个星期，一只蝎子蜇了一下他的胳膊，疼痛感登时蹿了上去，直到胳肢窝。那感觉就像是一根滚烫的针在他的身体里搅来搅去似的。他真不该四处抱怨他的胳肢窝有多疼，这真是个错误。疼痛最终消失了，可是"胳肢窝"这个绰号却再也摘不掉了。

"西奥多！"他的白人老板杰克·邓利维喊了一声，这个男人已经三十好几了。"有人想见你。"

当老板和一个女人走近时，胳肢窝停下了手里的活儿。那女人穿着蓝色牛仔裤和宽松的白衬衫，一头银色长发被拢在后脑勺上，扎成了马尾辫。奥斯汀市本来就因古怪出名，这位市长跟这里倒是很合拍。

"这就是西奥多·约翰逊。"胳肢窝的老板说。

樱桃巷伸出了一只手。"西奥多，干得怎么样？"

胳肢窝比市长高出一头，肩膀宽阔，胳膊肌肉发达。以前曾有一段时间他有些超重，但不停地挖洞挖沟和流汗，那些多余的脂肪早就消耗光了。

"还好，"他边说边把自己那只脏兮兮的手在短裤上蹭了蹭，"真抱歉，出了好多汗。"

"不要紧。"说话间市长握了握他的手。

由于担心自己的劲儿大，胳肢窝在和这位上了年纪的市长握手时尽量不用力，结果他惊讶地发现她倒挺有力的。

"翠湖营里发生那些可怕的事我都清楚。"市长对他说，"我想让你知道我十分钦佩你能熬过这一切，并且改变了自己的命运。"

胳肢窝不知道该说什么好。"我也钦佩您为奥斯汀所做的一切。"

其实他压根儿不知道她究竟为这个城市做过什么，只知道她大概是个坚定的环保主义者，但有几次他听父亲抱怨说那些激进的环保狂似乎只关心西奥斯汀，那里因丘陵起伏、自然保护区、徒步和自行车旅行而出名，而包括胳肢窝一家在内的大多数非洲裔美国人则都住在奥斯汀东边的平原地区。

一只蚊子在他耳边嗡嗡作响，他对准狠狠地拍了下去。至少翠湖营里没有蚊子，那里太干旱了。

当初因为一桶爆米花，他被送到了翠湖营。那时他只有十四岁，有一次在电影院，他沿着一排座位向前走，经过两个高中生身旁时，其中一个家伙伸出了一只脚。他们朝胳肢窝大吼大叫，说他把爆米花撒了他们一身，而胳肢窝则要求他们赔他的爆米花。风波平息后，那两个大男孩进了医院，而胳肢窝被送上前往翠湖营青少年教养所的路。

"翠湖"这名字真是个残酷的笑话。胳肢窝在干涸的湖床上待了十四个月，不干别的，就只是挖洞。后来，在应聘雨溪公司这份工作时，杰克·邓利维提醒他说这份工作主要就是挖沟。胳肢窝只是笑了笑说："没问题。"

离开翠湖营后，他先在圣安东尼奥的一家重返社会教习所待了六个月，其间他一边上学一边接受教导。那家教习所当时共有十六个男孩。那儿的辅导员告诉他们非洲裔美国男孩的再犯罪率高达百分之七十三，也就是说，据统计他们中间将有十一或十二个人在年满十八岁之前会再次被捕。辅导员还说要是高中没念完，这个比率会更高。

"要是在入狱前你觉得生活不公平，"她告诉胳肢窝，"那你回去后生活会更糟糕。人们会恶意揣测你，并以相应的方式对待你。"

她说他的生活将会像在湍急的河中逆流而上，其中的秘诀就是迈着小步，一直朝前走去。要是步子太大，水流就会将他冲倒，把他冲回到下游。

回到奥斯汀，胳肢窝为自己制订了五项目标。这就是五个小步：第一，念完高中；第二，找一份工作；第三，把钱存起来；第四，远离一切可能演化为暴力的场合；第五，甩掉"胳肢窝"这个绰号。

他拿起铲子，继续去挖他的沟了。

杰克·邓利维来工地时总是带着个收音机，此刻收音机里正在播放凯拉·德莱昂的一首歌。

> 我要带你去兜风，
> 我们会玩得很开心！

　　已经转身离开的市长又急匆匆回来了。"哦，我爱死这首歌了！"她喊道。

> 我要带你去兜风，
> 哦，我们会玩得很开心！

　　樱桃巷举起双臂，身体随着音乐摆动起来。胳肢窝强忍着笑。至少这里还有音乐。在翠湖营挖洞的时候他们可没有收音机听。

> 我要带你去一个
> 你从没去过的地方，
> 你将不再是从前的你！

2

一辆锈迹斑斑的本田思域轿车轰鸣着从街上驶过，停在了市长家对面。胳肢窝已经挖完沟，正在往里埋塑料水管。市长回到了屋里。

驾驶座一侧的门被撞得凹了进去，修理车门的费用比买整辆车都要贵。开车的人只能跨过变速杆从副驾驶座一侧出来。

个性化的车牌上写着：X光。

"胳肢窝！"X光喊着穿过马路，"胳肢窝！"

和胳肢窝一起干活的人并不知道他有这么个绰号，但是如果他不接话，X光肯定会一直叫下去。最好还是应一声让他闭嘴。

"嗨。"胳肢窝回应道。

"老兄，好一身臭汗。"X光说着走了过来。

"是呀，呃，要是你来挖也会出一身汗的。"

"我已经把一辈子的土都挖完了。"X光说。

他们是在翠湖营认识的。

"听着，当着别人的面别叫我'胳肢窝'，行吗？"胳肢窝说。

"但那就是你的名字啊，老兄。你不应该为自己叫什么感到害臊。"

无论 X 光这人有多讨厌，他的笑容都让人难以对他真的心生恨意。他瘦骨嶙峋，戴着眼镜，上面还罩着太阳镜片。

他捡起胳肢窝的铲子。"跟以前的不一样。"

"是的，这是用来挖沟的，不是挖洞的。"

X 光研究了一会儿。"挖起来有点费劲，不太好用。"他顺手一扔，"你肯定赚到大把的钱喽。"

胳肢窝耸了耸肩。"还好吧。"

"大把的钱。" X 光又说了一遍。

跟 X 光谈论钱令胳肢窝感到不自在。

"说真的，你现在攒了多少钱了？"

"不知道。没那么多。"

胳肢窝非常清楚自己的积蓄。八百五十七美元。他希望下次领到薪水后能超过一千。

"至少有一千了吧，" X 光说，"你已经干了三个月了。"

"只是打打零工而已。"

除了上班，胳肢窝还在暑期学校上了两门课。他得把在翠湖营落下的课全都补回来。

"而且还得交税什么的,所以实际拿到的就没那么多了。"

"八百?"

"不知道,或许吧。"

"我之所以问,"X光说,"我之所以这么问,是我有个赚钱的建议给你。想在两个星期之内让你的钱翻一番吗?"

胳肢窝笑着摇了摇头。"不可能。"

"我只需要六百美元。我保证翻一番。况且我还不会抽你的税。"

"听着,眼下我过得挺好,只希望一切都平平安安的。"

"你都不想听我说完吗?"

"不想。"

"不是违法的事,"X光信誓旦旦地说,"我查过了。"

"是啊,在你看来,一小包欧芹卖五十美元一盎司也不违法。"

"嘿,人们对买的东西怎么**想**又不是我的错。这能怪我吗?难道我应该懂读心术?"

X光因为把干欧芹和干牛至当成大麻卖给顾客才被送进了翠湖营。在他获释后不久,他们全家也因此不得不从拉伯克搬到奥斯汀。

"听着,我只是不想再把生活弄得一团糟了。"胳肢窝说。

"你是这么想的？我特意跑来把你的生活弄得一团糟？老兄，我这是在给你一个机会。一个机会。要是莱特兄弟来了，你还会告诉他们说人类根本不可能飞上天。"

"**莱特兄弟**？"胳肢窝问道，"你是活在哪个世纪啊？"

"真搞不懂，"X光说，"真是搞不懂。我给最好的朋友一个机会，能让他的钱翻一倍，而他却连听都不听。"

"好吧，跟我说说。"

"算了吧。要是你没兴趣，我还是去找别人吧。"

"跟我说说你的想法。"胳肢窝真的生出了一点好奇心。

"有什么意义呢？"X光问道，"要是你连听都不听……"

"得啦，我这不是在听嘛。"胳肢窝说。

X光笑了。"就两个词。"他故意停顿了一下，"凯拉·德莱昂。"

奥斯汀已经是十一点半了，但在亚特兰大还要晚一个小时，十七岁的非洲裔美国女孩凯拉·德莱昂刚刚睡醒。她的脸埋在"皮洛"里——"皮洛"的确是个枕头。枕芯已经不蓬松了，边缘也磨破了。上面有拿着气球的小熊图案，以前色彩鲜艳，现在褪得几乎看不出来了。

凯拉晕晕乎乎地下了床。她穿着平角短裤，一边解开睡衣的上扣，一边朝她以为是卫生间的地方走去。她推开门，随即尖叫起来。一个三十岁年纪的白种男人正坐在长沙发上，回头盯着她。她抓紧睡衣的两片前襟，"砰"地关上了门。

门又弹开了。

"傻蛋！"凯拉冲那人喊道，然后又把门关上，并确认把门闩也插上了。"在这儿人就不能有点隐私吗？"她尖叫道，然后去了卫生间。卫生间在床的对面。

在最近的三个半星期里，凯拉已经住过十九个不同的酒店套房了，每个套房都至少有三个房间，其中一套甚至有六个房间。所以喽，难怪她会走错门。她甚至都记不清自己在哪个城市。

凯拉怀疑她的心理医生波莉会说她是故意这么做，想把自己的身体展示给保镖看。或许她最好不要把这件事情告诉波莉。在治疗期间她说的每一件事都应保密，但凯拉还是怀疑波莉会鹦鹉学舌般将一切说给小天才艾尔听。

她没有隐私——在酒店的房间里不用说，甚至在她自己的想法里也如此。

问题是在巡回演出途中除了波莉，她找不到第二个能交谈的人。她的母亲自然不行。傻瓜保镖也不行。乐队里的家伙至少都四十岁了，对待她就像她还是一个拖着鼻涕的小孩。伴唱歌手倒都是二十几岁的年轻人，但他们似乎对凯拉成为众人瞩目的焦点怀恨在心。

　　只有在唱歌的时候她才能感到平静。那时，除了她和她的歌，其他人都消失得无影无踪。

　　这次巡回演出，凯拉总共要去五十四个城市，到现在连一半都还没走完。她现在还在南部磨蹭。亚特兰大之后，他们将赶往杰克逊维尔，接着去迈阿密、伯明翰、孟菲斯、纳什维尔、小石城和巴吞鲁日，然后继续转战得克萨斯州的休斯敦、奥斯汀和达拉斯。原本此次巡演应该有圣安东尼奥这一站，而不是奥斯汀，但因为阿拉莫球馆有一场卡车拉力赛，最后一刻计划被改变了。凯拉对此并不关心，她甚至都不知道计划有变。

　　这类事情自然有人操心。别人负责照料一切。凯拉不小心把"皮洛"落在了纽黑文，巡演中负责行程安排的艾琳就专门搭飞机飞回到康涅狄格州，亲自在酒店洗衣房里搜寻了一番，最后总算找到了。

　　三十分钟之后，凯拉穿着酒店浴袍从卫生间出来了。她叫了客房服务，点了一杯橘子汁、几张薄煎饼、一杯卡布奇诺和法式薯条。这能让她坚持到演唱会开始。要是她在开唱前吃东西，保准会吐。通常，在演唱会结束后她都要吃一碗冰激凌。

她穿好衣服，回到客厅。弗雷德，她那个傻乎乎的保镖还待在那儿查看她的邮件。

"我一满十八岁，你是我第二个要解雇的人。"

弗雷德连头都没抬一下。他已不是第一次听到这话了。

电视里正在播 CNN 的节目。凯拉换到了卡通网。

她第一个要解雇的是小天才艾尔。他是她的商务经理兼经纪人，碰巧还跟她母亲结了婚。就在巡回演出前不久他们才刚刚完婚。他的真名叫杰罗姆·佩斯利，但他总喜欢人们叫他"小天才艾尔"。无论凯拉叫这名字时语调中透着多么强烈的讽刺意味，他总是当成一种恭维。

凯拉的父亲死在伊拉克，他的名字叫约翰·斯皮尔斯。凯拉的真名是凯西·斯皮尔斯，但是已经有一个姓斯皮尔斯的歌星了。

小天才艾尔给她起了"凯拉·德莱昂"这个名字。

"你的意思是像'庞塞·德·莱昂'？"凯拉问他。

"谁？"

果然是个天才！

凯拉向这个**天才**解释了半天庞塞·德·莱昂为何方神圣，这也是为什么她的首张唱片会叫《青春之泉》。小天才艾尔觉得把"德"和"莱昂"拼成一个词，中间的一个字母大写[1]，显得更典雅。

凯拉读四年级的时候就对庞塞·德·莱昂了如指掌了，当时她住在彭萨科拉海军航空站，得学习佛罗里达州的历史。那年年底，她搬到了梅尔堡，在那里又学了一整年的弗吉尼亚历史。她还从来没有整个学年只待在一个地方。

"嘿，有比利小子的消息吗？"凯拉问弗雷德。

弗雷德摇了摇头。

"哦，太糟糕了，"凯拉说，"他的信太令人着迷了。"

"没什么意思。"弗雷德说。

"我觉得很好玩。"说完凯拉哼唱起来，"**哦，你去哪里了，比利小子，比利小子？哦，你去哪里了，迷人的比利？**"

迄今为止，比利小子给凯拉发过四封信。他告诉她自己觉得她很可爱，唱起歌来像只小鸟，有一天他会杀了她。

收到比利小子第一封来信后，小天才艾尔就雇用了弗雷德。即便那些信都是小天才艾尔写的，凯拉也不会觉得有什么好惊讶的，他就是想吓吓她，好让她乖乖地待在酒店的房间里。他就是这样一个控制欲极强的人。她确信弗雷德把自己的一举一动都告诉了他。

---

[1] 凯拉·德莱昂的英文为 Kaira DeLeon。

"又有人向你求婚了。"弗雷德说。

"白人，还是黑人？"

信里还夹着一张照片。弗雷德看着照片。"白人。"他说。

"你们这些家伙都怎么了？"凯拉问道。

这是她收到的第七封求婚信了，每一封都来自白人。

弗雷德小心翼翼地将信和照片装进一个塑料袋。

"你这是干什么？"

"给联邦调查局。"

"他说他想跟我结婚，不是想杀我。"凯拉指出这一点。

"对有些人来说，没什么区别。"弗雷德说。

凯拉瞥了他一眼，有些吃惊。这个傻蛋确实说了些深刻的话。

"让我瞧瞧他长什么样。"

弗雷德将塑料袋递给凯拉。

看到照片，凯拉大笑起来。"他看起来像你！"照片上是个肌肉发达、上身赤裸的男人。那人和弗雷德唯一的区别就是他留着一头长长的鬈发，而弗雷德则剃成了小平头。

"你应该把头发留起来。"凯拉边说边将塑料袋递回去。

已经收到七封求婚信了，但她还没有交过一个男朋友。

"好吧，是这么回事，"X光说，"是这么回事。由于圣安东尼奥那边出了点岔子，他们刚刚在巡演中加入了奥斯汀这一站。后天开始卖票。五十五美元一张。"

"五十五美元，就为了一张票？我可不信。"

"在费城，前两排的座位要七百五十美元。一张。"

胳肢窝简直无法相信。"七百五……"

"一张票。"X光重复道。

"她的嗓子很好，"胳肢窝说，"充满活力，有点俏皮，你明白吧？很有辨识度。"

X光看着他，仿佛他疯了似的。"我不要什么乐评！我要的是六百美金。"他像是在跟其他人说话似的，"他给了我一通评论。简直成评论家了。"

"得啦，要是我觉得她不会唱歌，我才不会给你六百美元呢。"

"这么说你会把钱给我了？"

胳肢窝还在考虑。

"看，是这样的，"X光解释道，"他们只准每人买六张票。这样咱们俩加起来能买十二张。六百六十美元。我这儿有六十美元，而其余的需要你来出。你什么都不用管。一切都交给我吧。到时挣到钱我们平分。"

胳肢窝缓缓地吐了一口气。"六百美元。"他说。

"一张票就赚回来了。"X光说。

"没有人会为了一张票花六百美元的。"

"费城的人还要花七百五十美元呢。"

胳肢窝拿起铲子，开始往管道周围埋土。

"好吧，就算每张票咱们只卖两百美元，"X光说，"只要卖掉三张，你就回本了。我一分钱都不要。然后从下一张票中把我的六十美元收回，其余的咱们俩平分。所以对你来说真的一点风险都没有。你知道三张票咱们肯定能卖得出去。"

胳肢窝把草皮放回原处，同时用靴子踩结实了。

"这样想吧，就像是有人花钱请你为他排队。要是你的老板对你开了口，说：'胳肢窝，今天别挖沟了，帮我去排个队，我付你一千美元。'你会怎样？会干吗？"

"当然干了。"

"一样的道理！"X光说，"有人就是要给咱们一千美元，让咱们帮他们去排队。只不过现在咱们还不认识他们。明白吗？你得跳出框框想问题。"

收音机里响起了一声警笛声。

"哦！哦！"X光边叫边摸索着别在皮带上的手机。

警笛声是电吉他弄出来的，声音逐渐慢下来，然后转成一阵急促的音符与和弦。这是凯拉·德莱昂一首热门金曲的前奏。

> 每当你来——来——来到我身边，
> 我就听到警——警——警报声。
> 你那匆匆的一瞥，
> 让我惊惶不安。

"快点，快点。"X光对着电话说。

> 红色警报！
> 我的双手在颤——颤——颤抖。
> 红色警报！
> 肚子在作痛。
> 红色警报！
> 我脚下的土地——地——地在晃动。

"哦不，等等！"X光对着电话说，"就一会儿……"

他很不高兴地把电话别回到皮带上。"第六个，"他发着牢骚，"你相信吗？第六个！第五个打进电话的人能得到两张免费票。伙计，我恨这个手机。快速拨号太慢了。怎么跟那些拿着新款手机的有钱白小子拼啊？"

"太糟了。"胳肢窝说。

"本来咱们俩至少还可以多捞四百美元。"X光说。

"咱们俩？"

"当然了，老兄，咱们现在是合伙人了，对不对？"

胳肢窝认真地考虑了这个问题。要是把钱给了X光，至少他还剩下两百五十七美元。

"对不对？"X光又问了一遍。

红色警报！

警笛声——声——声响彻了我的心！

红色警报！

系统全面关闭——闭——闭——闭！

"是的，咱们是合伙人。"胳肢窝同意了。

X光拍了拍他的肩膀。"你不会后悔的。"

他已经后悔了。

3

三十五号州际公路从墨西哥边境一直通往苏必利尔湖，

其中最拥堵的路段就包括从圣安东尼奥至达拉斯的这两百五十英里。川流不息的小车和卡车将奥斯汀市一分为二，这不光是地理上的分隔，同时也是经济上的分隔，在一定程度上还是种族上的划分。

胳肢窝的家位于东奥斯汀。房子是双联式的，两个一模一样的前门隔着宽阔的门廊相向而立，141A和141B。胳肢窝的家住在141B，家里只有他和父母。他有个姐姐，已经结婚了，住在休斯敦。还有个哥哥，正在亨茨维尔服八到十年的刑。

房子的另一半住着一个白人女子和她十岁大的女儿，金妮·麦克唐纳。

"六……六白……美……美元？"金妮说。她看上去比实际年龄要小，胳膊和腿都瘦瘦的。她戴着一副眼镜，镜片厚得让人担心她那纽扣般大小的鼻子能否支撑得住。

"是'百'。"胳肢窝说。

金妮集中起注意力。"百！"她说，"那这可是一大笔钱……钱啊。"

"可不是嘛。"胳肢窝说。

他们绕着街区散步。金妮的左手一会儿抓着胳肢窝，一会儿松开。她的右臂在肘部弯起来，僵硬地向上支棱着，而她自己并没有意识到。

"让你的胳膊放松点。"胳肢窝提醒她说。

金妮瞥了一眼自己的手臂，仿佛它不长在她身上似的。好一会儿她的大脑才发出正确的指令，让手臂垂落下来。

她让胳肢窝想起了一个能自我控制的牵线木偶。她得想一想拉动哪根线才能使自己的双臂和双腿做出恰当的动作。

金妮患有先天性脑瘫。附近一些孩子管她叫笨蛋和呆瓜，但大多数人还是尊重她的，因为她是胳肢窝的朋友，也因为她乐于回答他们的问题。

"你出什么事了？"有人或许会问。

即便问话中透着一股嘲弄，她也绝不在意。"在……在我出生的时候脑袋出血了。"

不管提问的是什么人，这个回答似乎都能让他们感到满意。

胳肢窝还在翠湖营时，她和她的母亲搬进了这半边房子。当发现隔壁家的男孩是暴力犯并且很快就要回来了，金妮的母亲就打算搬走。

现在她很庆幸自己没有搬走。

金妮和胳肢窝一见如故。她不怕他，他也不把她当作可怜虫。

不久后散步成了他们每天的功课，金妮也不再套支架了，说是夹得很疼。她还有一个助行架，但只在需要赶路时才用，比如在学校到外面作课间休息的时候。

尽管胳肢窝帮了她，但她帮胳肢窝更多。她使他的生活有了意义。有生以来头一次，有人尊重他，在乎他。

他们俩一起学着迈出小小的步伐。

"她唱……唱歌就像我说话一样。"金妮说。

"什么意思？"

"手……在颤……颤……颤抖！"金妮说。

胳肢窝大笑。"你知道那只是一句歌词。"

"是的。但是我喜……喜欢。"

"我也是。"胳肢窝说，"那要是你有钱，会花五十五美元买一张票吗？"

"会。"

"七十五呢？"

"会。"

"一百？"

"不会。"

他又笑了。"费城的人花了七百五十美元呢。"

"不可能！"金妮说。

"X光就是这么说的。"

"X光说……说的话不……不能全信。"

她说得没错。

"你出了好多汗。"她伸出一根手指，轻轻碰了碰他手臂下方的一大片汗。

"是的，外面太热了。"

"我没出汗。"金妮说。

"等你再大一些就会了。"

"而且我走……走路、说……说话也会更好一些。"

"没错，会的。"胳肢窝说，"但出不出汗跟你的残疾没关系。这只是因为你还没有进入青春期。"

金妮咯咯笑了。

"有什么好笑的？"

"你说……说青春期。"

胳肢窝也笑了，不是笑那个词，而是笑金妮对那个词的反应。

他们走上裂了缝的车道——通往他们俩连在一起的家，金妮一直笑个不停。杂草从破裂的水泥缝里钻出来。

"你们俩在笑什么呢？"金妮的母亲从屋里出来，在门廊上问道。

"笑好笑的事。"金妮说。

胳肢窝冲她使了个眼色。

金妮想回个眼色。她把双眼一闭，又一起睁开。

尽管住了两家人，这幢房子比胳肢窝正在栽种灌木、铺设喷灌设施的西奥斯汀的绝大多数房子都要局促。前院的一棵橡树几乎把整幢房子给遮住了。

在西奥斯汀，很少能见到这样大小的树。那半座城市大多都建在坚实的白色石灰岩上，地面上只覆盖着薄薄一层土，每当雨溪公司需要种些什么时就得用卡车运来土。

据胳肢窝的父亲说，西奥斯汀那些人家花在空调上的钱就比他的房租还多，那些房子天花板都很高，大门都很宽。

胳肢窝的父亲白天在电力公司当抄表员，晚上在一家出租车公司当调度。胳肢窝的母亲在当地一家叫 H-E-B 的连锁超市当收银员。

胳肢窝跟金妮母女俩道了别，就进屋了。父母正在厨房切菜。

"嘿，怎么样啊？"他的父亲问。

"就那样呗。"胳肢窝咕哝道，继续沿着过道往里走。

"等等，我想跟你聊一聊。"父亲说。

胳肢窝叹了口气。"什么事？"

"过来。"

胳肢窝走进厨房。"瞧，我忙活了一下午，又热又脏，还一身臭汗。难道洗个澡都得先被教训一顿吗？"

"没人说你什么啊，"胳肢窝的母亲说，"自从你爸在出租车公司干活后就没怎么见过你了。"

"好吧，现在你见到我了。"胳肢窝说。

"我不喜欢你这种态度。"父亲说。

"抱歉。我会改的，"胳肢窝说，"不管是什么。"

"你的眼睛怎么了？"母亲问胳肢窝。

"我的眼睛没事。只是累了。"

"你是怎么回来的？"父亲问道。

"赫尔南德兹。"

"给我你的尿样。"父亲说。

"为什么？因为他是墨西哥人？事实上我们俩一起在市长家干活呢。或许你还觉得我跟市长一起嗑高了吧？"

母亲笑了。"市长才不会这么干。"

"市长握了我的手。"胳肢窝说，"她说她很佩服我。"

"她这话是什么意思？"母亲问道。

"你明白的。干活卖力，还上学。她知道翠湖营的事。"

"她怎么会知道你在翠湖营待过？"母亲问。

"我猜是我老板告诉她的。"

"这应该是保密的。"母亲说，"那些记录都应当密封起来。"

"又不是什么天大的秘密！学校里的人都知道。"

"这样就能让我好受些？"

"不说了！"胳肢窝说。

如果市长说很佩服他们的儿子，大多数家长都会感到自豪！

"给我你的尿样。"父亲重复道。

"为什么？就因为我干了一天的活儿累得半死？"

"不，因为你的戒备心很重。要是你没什么可隐瞒……"

胳肢窝大步走进卫生间，从水池下面掏出一个塑料杯。

从翠湖营回来后，他的父母就买了一套家用药检设备。他们不会袖手旁观，任由他像他的哥哥那样毁了自己的生活。他竭力说明他被送到翠湖营跟吸毒或酗酒毫不相干，但他们就是不相信。

"毒品和酒精会导致暴力。"母亲说过。

一桶爆米花也会。

4

早上，胳肢窝又冲了个澡，擦干身子，用止汗香体露在两侧腋窝下来回擦了三次。他往脸上扑了点须后乳。他隔天才刮一次胡子，但每天都擦须后乳。

演讲课上有个女孩最近总是冲他微笑。她名叫塔蒂亚娜。

他往脚上喷了点斯蒲露。他没有脚臭，但当你的名字是"胳肢窝"时，你就得格外注意。保险起见，他又往两侧的腋窝下喷了点斯蒲露。

翠湖营的一个家伙给他寄了一整箱斯蒲露。这可能只是个玩笑，但这是那家伙的父亲发明的，所以也许有用。

走出卫生间时，电话响了。是 X 光。

"嘿，搭档。还记得六百美元的事吧？"

"记得。放学后我就去自动取款机上取钱。"

"很好。只是你得取六百六十。"

"我以为你会出六十美元。"胳肢窝提醒他说。

"我会的，"X 光说，"我会的。是这么回事，每张票还要另收五美元的手续费。所以，尽管票面定价五十五美元，但要付六十。"

真是毫无道理。

"最好能取上七百。"X 光说，"以防万一。"

七百。那样一来他就只剩下一百五十七美元了。工作了整整三个月，只留下一百五十七美元。

"这不是问题，是不是？"

"是的。没问题。"胳肢窝说。

"你的钱还是会翻倍，"X光信誓旦旦地说，"绝对没问题。其实，这样你赚得更多。"

尽管做了那么多准备，从家里走过五个街区到学校时他还是出了一身汗，浑身黏糊糊的。早上八点五十五分，温度却已经将近八十五华氏度，潮湿使天气显得更热了。

胳肢窝走进教室的时候，塔蒂亚娜正背对着他跟她的朋友克莱尔聊天。塔蒂亚娜梳着两条长长的辫子，辫子末梢绑在一起，形成一个巨大的V字。胳肢窝还从没见过哪个女孩像她这样梳辫子，但只要是塔蒂亚娜，什么都显得傻傻的。而这正是他喜欢她的地方。此外，还因为她会冲他笑。

"嗨，塔蒂亚娜。"他说，尽量让自己的声音听上去显得随意，但是也许太随意了，她都没听到。他又叫了一遍，声音是洪亮了些，但更生硬了。

她转过了身。"什么？"

"呃，没什么。只是想跟你打个招呼。"

"嗨。"她说，但这次没笑。

演讲课总让胳肢窝紧张，即便不用做演讲也一样。西蒙斯老师有时会叫学生做即兴演讲。胳肢窝很怕站在教室前面，在塔蒂亚娜的注目下，他不知道说什么好，大汗淋漓。即便做足了准备，演讲对他来说依然很难熬。

幸好，今天没有即兴演讲。整堂课基本都在讨论下次的重要作业。每个人都要带一个毛绒玩具来学校，并为此做一场竞选演说。然后全班投票选出一个毛绒玩具成为世界的统治者。

"我都没有毛绒玩具。"走出教室时，胳肢窝高声说道。

一阵笑声传来，其中夹杂着一丝轻蔑。"你真逗。"塔蒂亚娜说着碰了碰他的胳膊。

他根本不知道她就在那儿，也没想哗众取宠，但他很高兴她这么认为。

"听说你明年要去踢足球。"她说。

"不。我只是想让西蒙斯老师这么认为。他给足球运动员打分会高些。"

"所以你就对他说谎？"塔蒂亚娜问道，"这不就等于作弊吗？"

胳肢窝耸耸肩。

这怎么能算作弊呢？老师给足球运动员打高分本身就不公平，他只不过想扯平而已。然而，等他想明白时，塔蒂亚娜已经走开了。

胳肢窝选修的另一门课是经济学。他喜欢沃伦先生，一个秃顶的白人老师，但他总是弄不明白那些图表。不知怎么的，他看着图表，总是说不出如果巴西闹了旱灾，一杯咖啡的价格会出现怎样的变化。就像他无法理解花六十美元来买五十五美元的票一样。

他的问题还有一部分在于沃伦先生讲的东西有一半都跟作业无关。

"我这儿有一张十美元的钞票。"沃伦先生说着，从自己的钱包里掏出钱举了起来，好让大家都看到，"谁出价最高我就卖给谁。有人出五十美分吗？"

胳肢窝不太明白沃伦先生的意思。不止他一人，班上大多数人都一头雾水，但坐在前排的马特·凯伯克开出了五十美分的价。

"五十美分一次，五十美分两次……"

"等一下，"坐胳肢窝旁边的女孩说，"您是说您要把这十元钞票以五十美分的价格卖给马特吗？"

"对。"沃伦先生说，"除非有人出更高的价。"

"好，我出六十美分。"那女孩说。

又有人出了七十五美分，然后是一美元，没过多久就涨到了九美元九十九美分。接着有人出价十美元，买下了沃伦先生的十美元。

整堂课全是这样的内容，但胳肢窝还是不太明白究竟是什么意思。

"有一年我真的卖出了十美元十美分的价格。"沃伦先生告诉全班同学。

在一千八百英里之外，凯拉·德莱昂正在上她的经济课。

"我只想知道到现在我赚了多少钱。"她说。

"亲爱的，没那么简单。"她的母亲说。

"我没问**你**。"凯拉说。

她的母亲穿着水蓝色丝绸夹克，翻领上别着一颗小小的蓝宝石。凯拉以前没见过这件夹克和这颗宝石，但这没什么可惊讶的。她母亲每天露面时似乎都会换一套新行头。

"我没法给你确切的数字。"杰罗姆·佩斯利说，他是凯拉的商务经理兼经纪人。

他刚从酒店的健身俱乐部回来，还穿着运动短裤和 V 领背心，粗壮的脖子上挂着一条金链子。

他额头很宽，脸颊浮肿，无疑是吃多了类固醇造成的。他曾是个职业棒球运动员，但只在大联盟打了十八天，此外一直在小联盟混着。他的职业生涯因被球击中面部而毁了。

凯拉一直纳闷怎么会有人让球砸中自己的脸。**你不是**

得看着球飞过来吗，对吧？

"我有一百万了吗？"她问道。

"开销很大。你知道这次巡演有多少人在忙前忙后吗？"

她羞于说自己不知道，于是便什么也没说。

"四十二人，"杰罗姆·佩斯利说，"每个人都要付工资、补贴和差旅费。每一站还会出现额外的开销。"

"我的工资呢？"

"你没有工资。所有人的工资支付后剩下的就是你的了。"

"亲爱的，你很棒。"她的母亲说。

"付给那傻蛋多少？"凯拉问。

"我跟你说过不要那样叫他。"母亲说。

"我就是想知道。你得付给保姆多少钱？"

"弗雷德周薪是一千四百美元，各种支出不算在内。"她的商务经理，同时也是她母亲的丈夫说道。

凯拉笑了。"那你这件新夹克呢？"她问母亲，"谁掏的钱？"

"你的钱都存进一个信托账户了。"她母亲的丈夫说，"没人能碰它，甚至你母亲也不行。等满十八岁后你就能得到它。"

"是啊。好吧，到十八岁还不知会发生什么呢。"凯拉说。

即便听到了这种威胁，杰罗姆·佩斯利也选择不予理会。"即使这次巡演赚不到一分钱也不要紧。"他告诉她，"眼下最要紧是曝光率。把名声打出去，让收音机都播你的歌。卖唱片赚的钱比巡演多多了。"

"或许我们应该提高票价。"凯拉建议道。

"哦，你真这么想？"

她不喜欢他这副高高在上的腔调。

"在费城，票价都涨到七百五十了。"她说，想让对方知道自己并非一无所知。

"你从哪儿听来的？"

"不知道。"凯拉说，忽然警觉起来，"我想是从收音机里吧。"

他自鸣得意地冲她笑了。"那是我放出去的消息。"他夸口道，"在费城票都没卖完。"他指着自己硕大肥胖的脑袋说："小天才艾尔可没闲着。"

凯拉傻了。

"这个行业最重要的东西不是才能。"他告诉她，"全靠天花乱坠的炒作。炒作和流行。"

"好吧，我都快气疯了，赚钱的是票贩子，而不是我。"

"让我来操心生意上的事。你只管唱歌，扭扭那性感的小身子就行了。"

"听杰罗姆的话，"说完，凯拉的母亲就在丈夫浮肿的脸颊上亲了一口，"你可是他一手造就的。"

5

清晨四点，X光来接胳肢窝，然后开车去孤星演艺中心。"第一排都是黄金座位。"他说，"纯金啊。第二排也是。只要是前两排。"

胳肢窝随身带着他的经济学课本。他知道自己可能赶不上演讲了，但经济学课的测试，他可耽误不起。

把车开进停车场时，他们看到售票窗口前已经排起了队。八点才开始售票。

"老兄，我跟你说过咱们应该在这儿过夜。"X光说。

"你从没说过。"

"好吧，我这么想过。"

他们排进了队伍。他们俩前面已经排了二十九个人，X光数了两遍。

胳肢窝闭起双眼躺在碎石铺就的停车场上，经济学课本当枕头。他打算天亮点就开始看书。一块砾石钻进他衣服后背，他越想弄出来，情况就越糟糕，所以他只好尽量不管它。

队伍里有人带着一台手提录音机，正播着凯拉·德莱昂的唱片《青春之泉》。胳肢窝躺在那儿，闭着眼睛，心不在焉地听着。忽然，他听到她在唱：

> 这些鞋子、这些珠宝、这条裙子，
> 一幅成功的完美画卷。
> 哦，你永远也猜不到，胳肢窝，
> 有个伤心的女孩。

至少听起来是这样的：

> 救救我，胳肢窝，
> 有个伤心的女孩。

他坐起来。"听见了吗？"

"听见什么？" X光问道。

"算了。"

要是他告诉了X光，X光绝对不会让他舒坦的。她为什么要唱"胳肢窝"呢？不可能。根本不可能。他一定是睡了一会儿，做梦了。

他们俩身后排了五个人，那些人看起来特别脏，衣着破烂不堪。要不是他们正排队等着买六十美元的票，胳肢窝会以为他们是流浪汉。根据他们身上的味道，胳肢窝觉得他们可能在环卫部门上班，刚下班就赶了过来。

"我在考虑买第三排的。"X光说，"第三或第四排。只要是前五排，咱们就成功了。"

胳肢窝看着排在他前面的人，几乎全是白人，尽管凯拉·德莱昂是个黑人女孩。一些人还穿着衬衫，打着领带。

"不知道。"他说，"要是每个人都买六张的话……"

"不会每个人都会买六张的。"X光打断了他的话，"况且，其实没人愿意坐那么近。后面几排更舒服。最好的座位是第三到第七排之间。这些票才能卖出大价钱。"

太阳升起后没多久，胳肢窝翻开了课本，试图理解固定成本与可变成本之间的区别。图表阐释了随着更多商品被生产出来成本是如何变化的。代表固定成本的那条线是平的，代表可变成本的线则斜着朝上走去。

简直像是用火星文写成的。

"瞧瞧排在咱们后面的那些人！"X光指道，"为了咱们这个位置，他们得付一百美元。"

"我愿意卖给他们。"胳肢窝说。

X 光笑起来。"咱们要赚得可比这多多了，我的朋友。多得多。"

不一会儿，一个身穿孤星演艺中心 T 恤的家伙走了出来，想调整一下队伍，让原先从售票窗口直直排出去的队伍改为跟演艺中心的大楼保持平行。这惹得胳肢窝身后那几个邋遢鬼抱怨了好一阵。

"这有什么两样？"

"我觉得这样排就挺好的。"

"别以为穿着个破 T 恤就成上帝了。"

但他们还是站了起来，跟着别人挪了过去。

七点半刚一过，他们的雇主露面了，这几个人的身份之谜就解开了。一个是骨瘦如柴的白人，语速非常快。跟他一起来的是个戴着牛仔帽、穿着靴子的大块头。

"现在听好了，我可不打算再重复一遍。"瘦子说。他戴着一个珍珠耳钉，留着半长不短的胡子，胡子不知道是要刮掉还是留着。"排到售票窗口时，摩西会给你一个信封，里面装着三百三十美元。不必数。你只管把它递给售票员，要六张票，然后把票交给摩西，他会付给你二十五美元。"

"二十五美元！"其中一个人抱怨道。

"我们在这里已经排了五个小时了！在莫派克路和斯帕

36

斯伍德路找个地方坐着都比这赚得多！"

"你要走，就走好了。"瘦子说。

那个戴牛仔帽的大块头——显然，他就是摩西——带了一保温瓶咖啡和一袋当早餐的玉米卷，分发给大家。他还想给胳肢窝一个玉米卷。

"我跟他们不是一起的。"胳肢窝说道，多少有些恼火。

"我们跟你们不是一伙儿的。"X光说。

"哦，是吗？"瘦子说，"只是凯拉·德莱昂的歌迷，对吗？"

"我们跟谁都扯不上关系。"X光说。

"好吧。如果想要的话，我这儿还多出来几个玉米卷。"

胳肢窝和X光互相看了看对方，然后高兴地接过玉米卷。

摩西给X光倒了一杯咖啡。胳肢窝不喝咖啡。

"我是费利克斯。"瘦子说，"这是我的人，摩西。"

"X光。"X光说，"这是我的人，胳肢窝。"

"胳肢窝，是吧？"

"有一只蝎子……"

"这样吧，"费利克斯说，"等你们搞到票，来跟我谈谈。"

"一买到票我们就得走了。"胳肢窝说，"我还有个经济学课的考试。"

"听我说，胳肢窝。"费利克斯说，"我给你带了一个早餐玉米卷，你至少可以跟我谈谈吧。如果你正在学经济学，就应该懂得一个道理：世上没有免费的午餐。"

售票窗口直到八点十分才打开，队伍移动的速度慢得令人难以忍受。

"快点啊，快点啊。买张票能费多大工夫？"X光冲着前面的人吼道。

售票窗口有两个。X光先排到其中一个窗口，等胳肢窝也排到旁边的窗口时，听到他在跟售票员争辩："你确定这是最好的位子吗？你能再查一下吗？"

胳肢窝付了钱，拿到了票，都是M排的。他心里数了一下，是十三排。每张票的背面都印着一行黑体字：**此票不得转售**。

"M排也挺好，"X光说，"还在字母表的前半截。这才最要紧。瞧瞧那些还排着队的傻瓜吧！"X光笑了，"要是能跟咱们买在同一个区，就算他们走运。"

胳肢窝指出票背面的那行字，但X光根本不在意。"他们想写什么就写什么。没事。这可是美国。什么都能卖。"

他们看着摩西给那伙人中的最后一个付了钱。

"那些家伙真酷。"X光说，"过几年咱们俩也会那样。"

费利克斯朝他们走了过来。"嗯，X光，你买到好位置了？"

"M排！"

"M排不错。"费利克斯说，"前半截字母表。"

"我也是这么跟胳肢窝说的。"

"前几排都留给了亲友团和电台。纯粹就是欺诈，但你能有什么办法呢？"

"能有什么办法？"X光同意道。

"这么跟你说吧。每张票我给你七十美元，比票面高了十五美元。乘以十二的话，你能捞到一百八十美元。每人九十。"

"票价是六十美元，可不是五十五。"胳肢窝说。

"没错，我明白，"费利克斯说，"五美元手续费。欺诈。但话说回来，你把票卖出去时，买的人看到的可是票面价格。"

"我们不感兴趣。"X光说。

"好吧。该死的手续费由我来付。每张票七十五。"

"我们自己会卖出更好的价钱。"X光说。

"或许吧，"费利克斯说，"或许你们能。我也没说你们不行。但谁知道呢。明明是已经到手的赚头。胳肢窝，九十美元，才一上午的工夫。这么好的事哪里去找。"

"我们没兴趣。"X光说。

"胳肢窝看起来挺有兴趣的。怎么样啊，胳肢窝？"

胳肢窝觉得听上去的确不错。九十美元可比他挖两天沟赚得要多。

"在费城他们卖到了七百五十。"X光说。

"奥斯汀可不是费城。"费利克斯说，"况且M排又不是真正的前排。"

"我们可比你的人排得靠前，"X光说，"不管我们买到什么票，都比你的强。"

"听着，我没说你卖不过七十五美元一张。要是这样想的话，我就不跟你们废话了。但还是有风险吧。这会儿，一切看起来挺乐观，需求大，票少。价格只能看涨。但是，几年前鲍勃·迪伦来这儿演出时需求量也很大。你知道他们干了什么吗？他们加演了一场。胳肢窝，你是个经济学家。你知道供应增长时会发生什么吧？"

"价格下跌？"

"就跟电缆断了的电梯一样。我很幸运地出掉了存货。或者你们这么想想，要是咱们得知那个小甜妞凯拉小姐怀孕了，会发生什么事？或者说，她在政治抗议活动中把国旗给烧了？我可以告诉你会发生什么事。你们的票就卖不出去了。"

"是的，好吧，如果风险这么大，那你为什么还这么想搞到这些票呢？"X光问道。

"我就是吃这碗饭的。要是在凯拉·德莱昂的身上赔了钱，下星期我会在别人身上赚回来。你们得在报纸上打广告，这也得花钱。而我，已经打出了一个广告。不管卖多少票，广告费都是一样的。"

"固定成本。"胳肢窝说，茅塞顿开。

"而且我还有别的门路。"费利克斯继续说，"每个酒店的门卫都知道要是客人想买票应该给谁打电话。我想说的是，这不像你们想的单干那么简单。我给你们一百八十美元，纯利润，零风险。"

"我们没什么可担心的。"X光说。

"胳肢窝看起来有些担心。"

"我没事。"胳肢窝说。

费利克斯笑了。"那你为什么出这么多汗？"

"别担心，咱们要赚的可比每人九十美元多。"开着车离开停车场时，X光信誓旦旦地说，"多得多。如果费利克斯不这么想的话，他才不会想要这些票呢。今天真是个好日子！伙计，咱们上道了！咱们上道了！"

他们赶到高中时考试已经开始了，胳肢窝迟到了五分钟。他下车时，X光说："顺便说一句，我还需要三十美元在报纸上登个广告。"

6

一个小时后，胳肢窝走在放学回家的路上，迎面走来一个男人，横穿马路到了街对面。这没什么大不了的，没准那人真的要到马路对面去，但这种事胳肢窝碰到过很多次。白人总会这么做，黑人有时候也会这么做。胳肢窝通常装作没有留意，但有时也会狠狠瞪对方一眼，仿佛在说"是啊，你最好别挡我的道"。

这一次他完全当作没看见。他心情太好了，不屑于瞪那人一眼。

经济学考试他得了九十分，这多亏了费利克斯。他在孤星演艺中心的停车场学到的东西比在课堂上一整年学到的还多。

"全解开了。"像往日那样散步时，他对金妮说，"就连图表都弄懂了！题目都是关于买卖东西的，从汽油到呼啦圈之类，但我把一切都想成了演出票。"

"呼啦圈，"金妮笑着说，"真有趣！"

散完步，他问金妮能否借他一个毛绒玩具，去参加竞选世界统治者的演讲。

金妮吃了一惊。呼啦圈、毛绒玩具、世界统治者——高中听起来比小学四年级好玩多了。

她带他进了自己的房间，房间里有三十多个毛绒玩具。

"给我一个你不太喜欢的就行。"胳肢窝说。

"我全都喜欢，"金妮说，但没有小气的意思。自己心爱的宝贝能跟着西奥多到高中去，她觉得这绝对是一种荣誉。她认真考虑着究竟哪一个最有资格。

"那个怎么样？"胳肢窝说，指着一只大眼睛的褐色猫头鹰。

"那是胡……胡特。"金妮说，"他看不见。"

"看不见？"

"他是个瞎子。不过他听……听力很好……好，所以他从来不会撞……撞到树。"

"他怎么能听见树？"胳肢窝问。

"风吹树叶沙沙作响。"金妮说。

这句话金妮一定说过好多遍，因为她一点也没有结巴。

"这是黛西。"她说着把一只耳朵又长又软的巴吉度猎犬递给胳肢窝。

"你好吗，黛西？"胳肢窝说。

"她听……听不见，"金妮说，"她是个聋子。但她的嗅觉很灵敏。"

胳肢窝笑了。他喜欢她用"灵敏"这个词。

接着她又把罗斯科介绍给他，一只毛茸茸的熊，四肢扭曲。由于一场"可怕的事故"，罗斯科瘫痪了。

金妮坐在床沿上，两条腿向外弯着，脚趾朝下。小时候她没法学走路，因为她总是踮着脚尖。她得套上特殊的支架来扳直双脚。

胳肢窝打量着三只小动物。胡特被淘汰了，人人都会笑话这个名字。

"哦，我知道了！"金妮忽然喊了出来，用双手捂住自己的脸，"你要的是库！"

库是一只兔子，就躺在金妮的床边。它像人一样长着四肢，但有一对兔耳朵。

"库跟了我一辈子了。"金妮说。

"我还是选罗斯科吧。"胳肢窝说。

金妮皱起了眉头。

"我觉得库很棒，"胳肢窝向她保证，"我只是不想拿走你最喜欢的。只是一场无聊的演讲而已。万一有什么意外怎么办？"

"库不会害怕的。"金妮说,"他一直很坚强,很勇敢。他……他会成为最……最棒的世……世……世界统治者!"

"好吧,我可不指望库能赢。"胳肢窝谨慎地说,"演讲时我都紧张死了。"

"库会帮你的。"金妮说。

胳肢窝用一只手拿起库。它软软的,富有弹性,原本是给婴儿玩的玩具,婴儿的小指头可以轻而易举地抓住它。"嗯,要是出了什么事……"他把要说的话又咽了回去。"库有残疾吗?"他问。

"白血病。"金妮轻声说,"但我们都不提这事。"

7

星期五,距离演唱会还有八天,放学后胳肢窝去了超市想买份报纸。既然已经花了三十美元登广告,不妨再花上五十美分看一眼。

他往自动售报机里投进两枚二十五美分硬币,拉了下手柄,结果没开。他摁了退款按钮,什么也没得到。他又使劲拉了一把手柄,狠狠砸了一下退款按钮。

因为只想付一星期的广告费,X 光等了两天才登出广告，这让胳肢窝很恼火，现在机器又吞了他的钱。他狠狠地摇着自动售报机，机器都快被他弄坏了，这时他脑海里冒出一个声音提醒他，为了五十美分去坐牢太不值得了。

于是他走进商店，把事情一五一十地告诉了店员。

"你得等着硬币掉下来。"那人告诉他，并不打算把钱退给他。

胳肢窝请他帮忙换一美元的零钱。

"没有零钱。"

于是他买了一袋一美元十九美分的薯片，然后用找来的零钱又买了一次报纸。

这次他听到两个硬币都掉下去后才将手柄拉下。门打开后，为了报复他拿了三份《奥斯汀美国政治家报》，然后将其中两份留在了机器顶上。

回到家，他在厨房的餐桌上摊开报纸，翻到分类广告那一版。他告诉过 X 光不要太贪心，因为他们只有一星期的时间。

有好几则广告都在兜售凯拉·德莱昂的演出票，票价从七十五到一百一十美元不等。然后，他看到了登有 X 光电话号码的广告。

凯拉·德莱昂演唱会门票，135 美元

靠近前排。联系电话：555-3470

铃声响第二次时，X 光接起了电话。

"你疯了吗？"胳肢窝喊道。

"是的，但我还从没因为这个就收手不干呢！"

"你看到报上别的广告了吗？"

"嗯，怎么了？"

"怎么了？别人至少便宜了二十五美元。"

"你的意思是……"

"我跟你说过把价格压下来。"

"压下来了呀。在费城他们卖七百五十呢。"

"咱们一张都卖不出去了。"

"你只考虑了东奥斯汀，"X 光说，"想想西奥斯汀吧。"

"什么？"

"瞧，你跟我，咱们只买最便宜的票。但是西奥斯汀的人不会这么想。他们不会为钱的问题操心。他们只想要最好的。而最贵的就是最好的，对吧？"

胳肢窝在西奥斯汀安装过很多洒水装置，他知道那里的人跟住在三十五号州际公路以东的人一样会为钱的事计较。他们的房子或许值五十万美元，但如果胳肢窝不小心踩到了一棵水仙花，他们还是希望他的老板能赔他们五美元。

"好吧。"胳肢窝说，"就算有人为了坐在前排愿意多花点钱，M 排也**算不上**前排！"

"广告上可没说是前排。只说是靠近前排。"

"根本就不靠前。F 排才算靠前。G 排或许也算。"

"那么它们就是靠近靠前排。"X 光说。

"给报社打电话，让他们把价格降低一点。"胳肢窝说。

"放松点。我不是跟你保证过你的钱会翻番吗？我说过吧？"

不是翻一番，就是赔光光。胳肢窝心想。

"况且，更改广告还得花十美元呢。"

那天晚上胳肢窝彻夜未眠，第二天、第三天也没睡着。整个周末 X 光连一张票都没有卖出去。

他不明白自己当初怎么会被 X 光说服去做这种事。明明有机会把票都卖给费利克斯，他们怎么就没卖？现在他又花出去三十美元登广告，想改一下广告还得再花十美元。

但是星期一凌晨三点，他决定他们必须这么去改广告，改成七十五美元一张。他们还能赚上一笔小钱。如果他们买到的是第一排或第二排的票，那他们或许还有资本坚持等着赚大钱，但现在他们只能趁还来得及尽快把票脱手。

凌晨四点，他决定一张票卖七十美元。

"比费利克斯出的价都低了五美元！"X光说。上学前胳肢窝给X光打了电话。

"唉，当初有机会时咱们就应该把票都卖给费利克斯。"胳肢窝说，"但咱们没卖，现在我只想把票卖出去。"

"就卖七十美元？"

"除去广告费后咱们还是有赚头的。"

"就是说你不想卖一百三十五了？"

"我就是这个意思。听着，你是在拿我的钱冒险。"

"那是个问题。"X光说。

"我来付这十美元！"

"问题不在这里。"X光说，"只是……"

"又怎么了？"

X光深深地叹了口气。"哎，刚刚有人给我打了电话想买两张票，每张一百三十五美元。他下班后就来见我。我想我得给他回个电话，告诉他票只要七十美元。"他笑起来，"我是说，如果你希望我那样做的话。"他又笑了。

胳肢窝勉强笑了笑。

后来上班的时候，胳肢窝要把一户人家院子里的红叶石楠移走，那棵树的根须非常庞大。他先砍掉了周围的灌木，然后开始挖，但无论挖得多深，就是看不到底。它就像是一条大章鱼，用自己又长又粗的触须紧抱着大地。

他用斧头砍了一气，劈掉了很多旁须，但根本没用。最后，他在树根上绑了一根链条，另一头固定在小货车的后面。

他爬进驾驶室，切换到四轮驱动模式，挂到一挡。一瞬间他还有些迟疑，担心这样会毁了发动机，但那棵树还是被连根拔了起来。

他把树连同上半截灌木都装进了小货车的车斗里。他又热又累，肌肉酸痛，浑身都是泥土和汗水。

但他觉得很好，这种满足感他根本没法跟 X 光解释明白。一份光明正大的好工作。相形之下，倒票让人感觉很肮脏。

8

他和金妮在前门廊等着 X 光来送卖票赚来的钱。

"两百七十美元。"金妮说，"要是你再卖……卖上十张的话……"她大声地算着算术，"一百三十五乘以十就是一千三百五十！"她睁大了眼睛，"你就是有钱人了！"

胳肢窝笑了。"哎，我还得跟 X 光平分呢。等把票都卖了，我能赚上四百三十五美元。"他也算了一笔账，"知道吗，你在做加法时一点也不结巴。"

"我只在聊……聊……聊……聊天的时候结巴。"

"你刚刚就是在聊天啊。"

"那是算术。我在数字方面很……很拿手。单……单词不行。"

"好吧，你很聪明。"他说。

"你很有钱。"

"你很可爱。"

"你很漂亮。"

她被自己的玩笑逗乐了。

"什么那么好笑？"

"我说……说你很漂亮。"

"那又怎么了？"

"女……女孩才漂亮呢。男孩是英俊。这就是说……说你是个女孩！"

"你很傻。"胳肢窝说。

他注意到有个女人正从超市停车场看他们，他想或许那女人起了疑心，因为他正跟一个白人小女孩待在一起。

她会以为他们在吸毒吗？没准她想记住他的脸，以防这个女孩最后遭到绑架。

他回瞪了那女人，对方立即钻进车开走了。

或许她只是喜欢看有那么两个人笑一笑、乐一乐的模样。

那女人的车和相向驶来的带 X 字样的车擦肩而过。

"X 光来了。"金妮说。

X 光懒得转大弯，没掉头就停了车。他滑到副驾驶那边爬出来，然后绕了过来。

"嗨，金妮。你把胳肢窝照顾得还不错吧？"

"嗯。"

"那么，你把票卖了？"胳肢窝问道。

X 光笑了笑。"金妮，瞧见没，我就喜欢胳肢窝这一点。开门见山。一点也不他妈——"他收住了嘴，"一点也不废话。"

"他不……不喜欢别人叫他'胳肢窝'。"

"我这么叫他可是充满爱心，满怀敬意的。"X 光说着把手放在胸口上。

"票卖出去了吗？"胳肢窝又问了一遍。

"嘿，金妮，我跟你说过我的车出过什么事吗？"X 光指着驾驶座那侧车门上的一道大裂缝问道。

"没有。"

"我正在莫派克路上开车，一个庞然大物跳了出来，在我的车门上结结实实地啃了一口！把我吓得半死！"

金妮大笑。

"瞧，看到牙印了吗？"

金妮把架在鼻梁上的眼镜往上推了推。"看见了。"

"我觉得是暴龙！你能相信吗？"

"不信。"

X光也笑了。

"就是说，你没把票卖掉，是吧？"胳肢窝说。

"好啦，是这么回事。"X光说，"本来我应该在五点一刻跟那人在H-E-B超市的停车场碰头。嘿，金妮，你知道H-E-B代表什么吗？"

"不知道。"

"霍华德·E·巴特。是真的。就是老板的名字，因此他们给超市起名为H-E-B。你会在名叫'巴特①的商店'这样的地方买东西吗？"

金妮哈哈大笑。

胳肢窝瞪着X光。

---

① 原文为"Butt"，有屁股、烟头、笑柄之意。

"好吧，总之，"X光继续说道，"我五点赶到了那里，提前了一刻钟。于是我就等着。那人说他开一辆白色萨博班。五点一刻，没看到白色萨博班。五点二十五。五点半。停车场得有一百五十华氏度的样子，但我继续等着，因为我不想辜负我的兄弟胳肢窝。终于，五点三十五的时候，我听到那人尖叫着'X光！X光！'，简直像个疯子。所以我擂了几声喇叭，那辆庞大的车就在我旁边停下，下来两个上了年纪的乡巴佬。'你是X光吗？'

"'不是，我只是碰巧把X光的字样印在了车牌上'——但我没那么说。我说：'没错，是我。'我正要把票递给他们，结果他问——金妮，听好喽——他问我应该把支票开给谁。

"我跟他说可以把支票开给牙仙，我才不管呢。然后他就反复跟我唠叨说自己丢了银行卡，所以才迟到了，但我不想听这一套。"

"所以你就没有把票卖掉？"胳肢窝问道。

"他们还是想要的，"X光说，"今晚十点他们在H-E-B跟我再碰头，说这次会带着现金。只是，你最好跟我一起去。"

"我去不了。我要做经济学作业，还有一个演讲稿要写……伙计，我以为这些事情你全包了，我只管掏钱就行。"

"他们是两个大块头白人。十点的时候那一带没什么人。我只是想有个帮手会比较好。"

胳肢窝不喜欢这个话题的走向。

"别担心。他们只要看你一眼，事情就不会有麻烦了。"

无论是好是坏，胳肢窝明白这话大概没错。

在出门之前，胳肢窝一直在忙着写关于库的演讲稿。他先列出了提纲，然后在三乘以五英寸的卡片上写了几项要点。他的演讲稿主要说的是金妮，以及库对金妮有多么重要。他想出了一个自己十分喜欢的句子：**库给了她安慰、勇气和信心。**

他意识到自己或许太把这个作业当回事了。今天早些时候做演讲的那些同学都把这场竞选当成个天大的笑话，当然它本来就是笑话。有个女孩怂恿大家把票投给猴子米尔福德，因为如果他成了世界的统治者，就会种上一百万棵香蕉树，这样就能阻止人类对热带雨林的破坏，改善全球变暖的现象。另一个孩子怂恿大家把票投给小猪威尔伯，因为他将带来世界和平，如果他没能实现这个目标，那至少每人还能得到一份火腿三明治。

但是胳肢窝清楚自己不擅长开玩笑，而且如果不把演讲稿写好，他只会站在那儿，紧张得浑身冒汗，胡言乱语。

另外，他真心希望库能赢得竞选——为了金妮。

十点不到 X 光来了。

"你们要去哪儿？"胳肢窝的母亲询问道。

"只是出去办点事。"胳肢窝边说边匆匆往外走，明白回来时还得再交一次尿样。

他母亲就在这家 H-E-B 超市上班，只是几年前她就不上夜班了。停车场里停着不多的几辆车，没有白色萨博班。

"老兄，我讨厌被那些家伙忽悠！"X 光抱怨道。

"再给他们几分钟。"胳肢窝说，"他们都说自己丢了银行卡，或许凑钱有点困难。"

"那就再等几分钟，"X 光同意道，"然后我们就走。太不尊重人了。怎么，他们以为咱们闲着没事干，靠等他们来开心吗？太不尊重人了。"

胳肢窝感到在车里透不过气，于是下车活动活动身体。

"好主意。"X 光说，"让他们好好看看你。"

胳肢窝上上下下打量着通道。"或许他们在停车场的那一头等着。"他建议道。

"我现在待的就是早些时候来的地方。正确的地方。"

一刻钟后仍旧没有看到那两人的身影。"只能这样了。"X 光说道，"咱们走吧。"

"再等几分……"胳肢窝还没说完，X光就发动了引擎。

胳肢窝钻回了车里，他们刚起步，一辆硕大的白色越野车就驶进了停车场。

"是他们吗？"胳肢窝问。

X光继续往前开。

"等等！是白色萨博班。"

"太迟了！"X光说道。他们的车从一条减速带上弹了过去。

萨博班响起了喇叭。

X光冲着窗外骂了句脏话，汽车左冲右突地离开了停车场，汇入车流中。

"你傻了吗？"胳肢窝喊道，"那可是两百七十美元啊！"

"咱们的尊严比那值钱多了。"X光说，"他们以为他们是谁？"

"要是你卖不掉票，我就宰了你。"胳肢窝警告他说。

X光笑起来。"真爱开玩笑！"

9

星期二，胳肢窝带着库去上学，他觉得很傻，真应该背着背包。他还在生 X 光的气，但他更气自己。再过四天演唱会就开始了，而直到现在一张票都没有卖出去。六百九十美元就这样被冲进了厕所。

"嗨，胳肢窝，要搭车吗？"

他瞥了一眼，只见一辆黄色野马车在旁边缓缓地向前开着。

"上哪儿去啊，胳肢窝？"

车上有五个人，三男两女，尽管只认识坐在前排的两个男的，但他清楚自己不想和他们中的任何一个扯上关系。司机名叫唐奈，旁边坐着的是科尔，两人都比胳肢窝大三四岁。他有点惊讶他们居然知道他的名字。这可不是什么好事。

"快点，跳上来。"科尔说，"想去哪儿都成。"

要拒绝他们同时不冒犯任何人需要点技巧，尤其是不能惹恼科尔，大家都知道他有点疯狂。

"貌似车上没地方了。"胳肢窝说。

这伙人一大早出来要干什么，他正纳闷，忽然意识到他们肯定是熬了通宵。很有可能是喝多了。

"总会有地方给兄弟的。谢莉斯可以坐在你腿上。"

"没关系，"胳肢窝说着继续往前走，"走走路挺好。"车在他身旁缓缓滑动着。

"怎么了？你不喜欢谢莉斯？"

"嗨，胳肢窝。"坐在后座的一个女孩喊道。

"我只是喜欢走路。没别的。"

车超过了他，一时间他以为他们不再纠缠了，但忽然一个急转弯，车开上车道，横在了他面前。驾驶座一侧的门开了。

"知道吗，兄弟主动提出捎你一程时，"科尔说，"你应该做的就是接受。"

"我没想冒犯你。"胳肢窝说。

至少他们都还待在车里。他努力表现得若无其事。

"那只兔子是怎么回事？"谢莉斯问道。

胳肢窝紧紧攥着库。"学校里有用。"

"学校！现在是暑假！"后座上的一个家伙喊道。

"真可爱。"谢莉斯说，"能给我吗？"

"学校作业要用。"

"我就是想要。"谢莉斯说。

胳肢窝把库抓得更紧了。"它是我邻居的。"如有必要他会跟他们干上一架，他是不会交出库的。

"那个白人小呆瓜！"科尔说，"我见过你跟她在一起。嘿，她怎么了？"他笑道。

科尔没指望得到回答，胳肢窝却照着金妮的说法给了他一个回答。

"她出生时大脑出了点血。"

"哦，"科尔说，"太不幸了。"

胳肢窝慢慢地从野马车旁边绕过去。

"你干吗去上学呢？"科尔冲他喊道，"跟着我们干吧，想赚多少就赚多少。"

"多谢了，只是我必须去上学。"

他继续走着。

他听到身后车门关上了，但他没有回头。片刻后，他看到车从他身旁开过，有人朝窗外喊："蠢货！"

十五分钟后，他站在教室前面，所有人都盯着他，包括塔蒂亚娜。

"这是库。"他开始演讲。

大家都笑了。

"库患有白血病。"

有人竟然连这也笑。

倒不是他们冷酷无情，只是其他演讲都很风趣，大家也就希望能听到更多风趣的演讲。看着胳肢窝——这个全班块头最大、身体最结实的孩子拿着一个小宝宝的玩具，大家都觉得很好笑，过了好一会儿才明白过来他在说什么。

胳肢窝能感觉到汗水顺着身体两侧流下来，只希望不要透过衬衫渗出来。

"库是我的邻居金妮的。她患有脑瘫。"

"你刚才说她得了白血病。"塔蒂亚娜的好朋友克莱尔说。

"库得了白血病，金妮得的是脑瘫。所以库才应该被选为世界的统治者，因为库给了金妮安慰、勇气和信心。"

这原本应该是结束陈词，没想到这么早就说了出来。他胡乱翻着提示卡，但头没开好，他只好即兴发挥了。

"金妮一直无法正常走路和说话，他们学校的一些孩子管她叫'瓜'，你们明白的，就是'傻瓜'的简称，但她并不迟钝。她真的很聪明。只是她的大脑在处理信息时有些困难。就像是她得先把一切都破译出来。所以她说话会结巴。她知道自己想说什么，但她的大脑无法顺利地给嘴巴发出信号。如果有人给她压力，情况会变得更糟，有时候还会引发痉挛。"

"你想让她当世界的统治者？"有人问道。还有一些人笑出了声。

"不，你们应当把票投给库，金妮最心爱的毛绒玩具。看，因为我没有毛绒玩具，金妮就把库给了我。我说我不想拿走她的心爱之物，你们明白的，因为这只是为了一次无聊的作业。"

全班哄堂大笑，胳肢窝这才意识到他或许不该当着西蒙斯老师的面说这项作业很无聊。他硬着头皮讲下去。"但金妮执意让我拿库。她说自己的其他玩具都没库这么勇敢坚强。嗯，尽管金妮只有十岁，还患有脑瘫，体重还不足六十磅，但她是我见过的最坚强、最勇敢的人。所以，要是库可以为金妮做那么多事，想象一下，库可以为全世界做什么。所以，为库投上一票吧。谢谢。"

他回到自己的座位上，没看任何人一眼。他不知道他的这番演讲有没有意义。至少总算结束了。

下课铃一响，他第一个冲出了教室。

"西奥多。"背后传来一个声音，然后塔蒂亚娜的手搭在了他的胳膊上。

"我觉得你的演讲很动听。"

"是吗，哦，我没有毛绒玩具，我只能借一个。"

她狡黠地笑了。"你真的很紧张，是不是？"

"有点吧，没错。"

"看得出来。别担心。你讲得很棒。我要把票投给库。"

他笑了。"谢谢。我是说，这跟我没关系，但库要是赢了的话，金妮会很开心。"

"我能看看它吗？"

"当然。"他把毛绒玩具递给了塔蒂亚娜。

"库究竟是什么东西?"

胳肢窝笑了。"我不知道,兔人之类的吧。"

塔蒂亚娜抱了抱库。"感觉真柔软。我喜欢你说库会给你安慰、勇气和信心的样子。"

他没有纠正她。

"胳肢窝!嘿,胳肢窝!"

X光一阵风似的来到大厅。"胳肢窝!我还以为再也找不到你了。"

他对塔蒂亚娜说了声"嗨",然后从口袋里掏出一沓钱,数了起来。"二十、四十、六十、八十、一百。"他递给胳肢窝一百美元,但还没完。

"二十、四十、六十、八十,两百。"

他还没完。

"二十、四十、六十……"

塔蒂亚娜收起了笑容。"我还是先走吧。"她说着把库还给了胳肢窝。

"呃,回头见。"胳肢窝说,但她头也没回就匆匆走掉了。

X光又数出一百美元。他总共给了胳肢窝五百三十美元。

胳肢窝简直不敢相信。他几乎把他的钱全收回来了，本以为再也见不到这笔钱了。"是萨博班的那帮人吗？"

"那些小丑？见鬼去吧！今天早上一位女士给我打了电话。她想买四张票给她的孩子庆祝生日。二十分钟就搞定了。瞧，这才是生意之道。不像有些小丑把你当成悠悠球耍着玩。"

胳肢窝为自己之前不信任 X 光感到有些内疚。"等等，"他说，"四张票应该是五百四十。"

"哦，是的。我得借十美元。你不会介意的，对吧？"

10

搭乘大巴沿着十号州际公路从巴吞鲁日到休斯敦要走上六个半小时，六辆大巴和两辆卡车正在行进。凯拉·德莱昂的车配备了一台平板电视、一台 DVD 播放器、两台游戏机、一台冰箱、一个微波炉、一个跑步机，以及一个带有淋浴和化妆区的卫生间。可是车上只有一个人，那就是司机。

凯拉讨厌孤零零一个人坐车，她问乐队的人能不能让她上他们的车。这是她第一次坐他们的车。她清楚一旦被母亲发现，母亲肯定会气疯的。她母亲满脑子都是跟摇滚乐队混在一起会发生的各种疯狂的事情，其实他们只是在打牌。主音吉他手蒂姆B给了她一罐啤酒，但她不喜欢那个口味，出于礼貌只抿了几口。

"这一回怎么摸牌？"邓肯问。这家伙秃顶，留着山羊胡，无论是在室内还是户外，总是戴着一副黑色太阳镜。就凯拉所知，所有的贝斯手都戴着太阳镜。

"左手起。"鼓手考顿说道，然后递了三张牌给凯拉。考顿也光着脑袋，但那是他自己把头发给剃了。邓肯的脑袋两侧还留着头发。

"上回就是从左边开始的。"比利·古特说。他本来姓戈特利布，是乐队的键盘手。

"晚了，我已经摸到牌了。"考顿说。

他们可能曾经是一伙疯狂的摇滚乐手，但对凯拉来说他们似乎只是一群老古董。

音响里一遍遍地播放着"感恩而死乐队"的歌曲。她觉得这音乐太单调了，但不敢大声说。对这些家伙来说，这可是大不敬。她还装作对他们抽烟毫不在意。无论怎样都比一个人度过漫长的旅程要好。

她清楚他们都把她看作是一个被宠坏了的首席女歌手，对音乐一窍不通。她好多次听到他们这样议论她。她出生前很久他们就已经开始做音乐了，经常提起当年一起演奏的名人，那些名字她从来没听说过。

"好了，谁有梅花二？"凯拉问，"哦，在我这儿。"她咯咯笑了，然后将牌放在咖啡桌上。

她还从来没有跟真人玩过红心大战，只在电脑上玩讨，而且输得一塌糊涂。似乎每次摸到黑桃皇后她都会输。

车上有两张长沙发，呈直角摆放着，中间有一张专供"喝饮料和搁脚"的咖啡桌。那是考顿说的。他说的每句话都能逗笑她。

乐队的其他三名成员和三个和声歌手都没赶上车，只能自己想办法去休斯敦。

"要去得克萨斯了，我们应该听听得克萨斯的音乐。"蒂姆 B 说着站起身，跟跄着跌坐在沙发边上。凯拉不知道是因为汽车颠簸，还是他已经喝醉了。

"我没事。"他说着重新站起来，朝唱片架走去。"嗨，凯拉，听说过珍妮丝·贾普林吗？"

凯拉犹豫了片刻，然后说："哦，听过。她唱得很好。"

考顿一眼就看穿了她。"你根本没听说过她，对吧？"

"唔，或许吧，我记不清了。"

"要是听过她唱歌，你就会记得。"他说。

"我们在谈真正的音乐，"蒂姆 B 边说边翻唱片，"《疼痛彻骨》。"

"也没有矫揉造作的伴唱歌手。"邓肯说。

"为此干杯。"考顿说,和邓肯碰了碰酒瓶。

凯拉和他们一样也不喜欢伴唱歌手,但小天才艾尔说他们增添了性感的活力。

"音乐有时候需要一些留白,"考顿说,"他们把空白全塞满了。"

"你谈论的是音乐。"比利·古特说,"已经没有人做真正的音乐了。都只是表演而已。"

"只不过是 MTV 的背景音乐。"邓肯说,"真正的音乐家几乎已经没法再创作出值得一听的音乐了。现在全都是些不知所云的东西。"

"别听他们的,凯拉。"考顿说,"这些话他们已经说了二十五年了。"

音响里传出了珍妮丝·贾普林的歌声。凯拉以前没有听过她的歌,但立刻就喜欢上了。她嘶哑的嗓音似乎饱含情感,音乐中充满了一种原始的能量,不像凯拉自己唱的那些精心打造的歌曲,每个音符都经过精心的编排和演练。

"听,这才是摇滚乐该有的样子。"蒂姆 B 说着半坐半躺在沙发上。

"她来自得克萨斯的亚瑟港。"考顿说。

"亚瑟港在哪儿？"

乐队里似乎没有一个人知道。

"得克萨斯的某个地方。"考顿说。

凯拉笑了。

"哦，凯拉，"比利·古特说，"我猜你妈妈不准你跟我们搭一辆车。"

"她不知道我在这儿。"凯拉说，"况且，有弗雷德保护我，不让你们这几个脏兮兮的老男人欺负我。"

那傻蛋正坐在前面副驾驶座上。

"嗯，好吧，跟你说，"比利·古特说，"要是你妈妈用那双警觉的眼睛盯着她丈夫而不是你，情况会好很多。"

"别扯那么远。"考顿说。

"你这话是什么意思？"凯拉问。

"她那双警觉的眼睛……"蒂姆 B 唱道。

"没什么。"考顿说。

"她是大姑娘了。"比利说，"也许她已经知道真相了。"

"你都不知道自己在说什么。"考顿说。

"什么？"凯拉问。

"我说的是，"比利说，"要是你妈妈能用一只眼睛盯着自己的丈夫，另一只眼睛盯着艾琳，那就好了。"

"我要说的是，"考顿说"要是你不知道自己在说什么，那就别多嘴。"

"艾琳是我妈妈的朋友。"凯拉说,"她们会一起去逛街买东西。"

"她也是你爸爸的朋友。"蒂姆 B 笑着说。

"他不是我爸爸。"凯拉说。

"女孩都喜欢逛街,这我承认。"邓肯说,"可问题是她花的是谁的钱?"

这次巡回演出的行程安排全都是艾琳负责的,当凯拉把"皮洛"落在康涅狄格时也是她去找回来的。"皮洛"是凯拉三岁时父亲送给她的。当时艾琳给酒店打了电话,酒店经理说他们没有发现其他的枕头,但是艾琳没有罢休。她乘飞机回到康涅狄格,去了酒店,亲自把洗衣房翻了个遍,终于找到了。

凯拉不知道现在该想些什么。艾琳看上去是个做事有条不紊的人。因此,除了有可能背叛凯拉的母亲之外,凯拉无法想象像她这么聪明冷静的人会跟小天才艾尔这么卑鄙的人牵扯在一起。

在有艾琳陪伴购物之前,凯拉的母亲每次回家时总是把自己打扮得艳俗而可笑。有了艾琳的陪伴后,她买回的东西总是跟她很相称。

艾琳非常有品位。至少在穿着方面是这样。

好吧，如果小天才艾尔真的欺骗了她母亲，没准也不是什么坏事，凯拉确信。说不定妈妈会跟那个变态离婚呢！

凯拉听着珍妮丝唱的蓝调，她的嗓音充满了痛苦，又满是柔情。

"也许我们能在得克萨斯见到珍妮丝？"她说。

邓肯和蒂姆 B 笑了起来。

"总有一天我们都会见到珍妮丝的。"考顿说，"但不是在得克萨斯。"

珍妮丝因为吸毒过量，在四十多年前就死了。死时只有二十七岁。

"嘿，凯拉，听说过披头士？"邓肯问。

"谁？"凯拉问。

"你是在跟我开玩笑，"邓肯说，"你在开玩笑，对不对？"

凯拉耸耸肩。

考顿笑了。"她在逗你玩呢，老兄。"

邓肯可没这么确信。

当他们到达休斯敦的酒店时，艾琳已经在那里给他们发房间钥匙和行程表了。她提前赶到这里，给大家办好了入住手续。他们只要直接进房间就行，行李会有人送上楼。

"你是洛达·摩根斯顿。"艾琳把钥匙交给凯拉时说。

凯拉仔细打量她的面孔，看看有没有背叛的痕迹，但从她的表情什么也看不出来。

就算穿着高跟鞋，艾琳还是比凯拉矮，她的一切都那么小：细腰、小脚、小耳朵、小嘴巴。她那么时髦、能干、小巧玲珑，就像一部手机。

"你知道洛达是谁吗？"艾琳问道。

"玛丽·泰勒·摩尔最好的朋友。"凯拉说。

"其实是她扮演的玛丽·理查兹最好的朋友。"艾琳说。

这是她们玩的一个小把戏。艾琳为凯拉登记时总是使用化名，以免她受到歌迷的骚扰。艾琳喜欢借用老的电视剧里的名字，但凯拉从来没被难倒过。

她电视看得太多了。

11

X 光到学校接胳肢窝，然后开车去议会南街，找一个叫"大烟囱闪电"的烧烤店。有个叫默多克的人想要两张票。

"在别人的地盘上我觉得不太自在。"X 光说。

"他怎么不在 H-E-B 跟你见面？"

"说是走不开。要从早上六点工作到半夜。"

胳肢窝觉得这话听起来有点不对劲。

X 光也这么想。所以他希望胳肢窝能一起去。

"一点钟我得去上班。"胳肢窝提醒 X 光说。

"我送你过去。"X 光保证道。

议会街得名于坐落在大街北头那幢有着大圆顶和白色廊柱的宏伟的州议会大楼。这是得克萨斯州议会开会的地方，但隔年才开一次，没留下太多岁月的痕迹。

大楼南面就是金融和剧院区，再过去是横架在城中湖上的议会街大桥。一群超过百万只的墨西哥无尾蝙蝠栖息在桥内侧的裂缝中，几家豪华宾馆坐落在湖的两岸——实际不是湖而是河。夕阳西下时游客们会聚集于此，一睹蝙蝠从桥下倾巢而出觅食的景象。

有了这些蝙蝠，蚊子的数量得到了控制。

"默多克是他的姓还是名？"过桥时胳肢窝问 X 光。

一个穿着超短裙和比基尼上衣的女孩正在遛狗。

"哇哦！哇哦！"X 光朝着胳肢窝那边开着的车窗叫道。

那女孩竖起了中指。

议会南街跟河北岸的街道迥然不同。胳肢窝看着被木板封住的建筑物、酒类专卖店、酒吧和文身店。到了晚上，全城最棒的音乐一定会让这里充满生机，但此刻在午间的光和热的影响下，整条街似乎仍宿醉未醒。

"到了。"X光说。

紧邻菲娜梅尔商场有一间临街餐馆，烟熏的玻璃上用棕色涂料写着"大烟囱闪电"几个大字。刚下车，胳肢窝就闻到了慢火烤肉的味道。要不是来这儿卖票，他肯定会来一个香肠卷或牛肉末三明治。拜X光所赐，他没吃午饭。

"给，最好还是你拿着。"X光说着将门票递给胳肢窝。

买到票那天之后，胳肢窝再也没见过这些票。他又一次注意到门票背面印着的那行字：**此票不得转售**。

X光推开门时门上的铃铛叮叮作响。胳肢窝跟着走了进去。

只有几张餐桌旁坐着客人，不过还没到中午。每张餐桌中央都摆着一卷棕色餐巾纸和几瓶各式各样的调味料。

他们径直朝前台走去。

"来点什么？"柜台后面的男人问道。脏兮兮的玻璃窗后面展示着不同的肉类。

"我们找默多克。"X光说。

"找对了。"

他是个头发灰白的黑人，胡子也是灰色的，围裙上溅满了油点和烧烤酱。

"X光？"

"是的，这是我的伙伴，胳肢窝。"

听到这个名字，默多克笑了。"胳肢窝，哈？我以前认识一个管自己叫'焦土司'的家伙，他吹长号。胳肢窝，你也玩乐器吗？"

胳肢窝想告诉他蝎子的事情，但最终只摇了摇头。

"让我看看票？"

把票放在玻璃柜上的时候，胳肢窝有点紧张。要是默多克把票扣了不还，他们也不能怎么样。

默多克仔细地看了看那些票。"M排。还不赖。两百七十，是吧？"

"没错。"X光说，"你买值了。"

"哦，这我就不清楚了。"默多克说，"但每个月只有一个周末我才能见女儿，我得充分把握机会。自从听说凯拉·德莱昂要来演出，她整天念叨的都是这件事。嘿，韦利，听过凯拉·德莱昂吗？"

"谁？"几名顾客中有人问道。

"凯拉·德莱昂。"

"从没听过。"

韦利穿着哈雷T恤，两条胳膊从上到下全是文身。

"去摁E4键，"默多克对他说，"看看她是否能给你惊喜。"说完默多克又把注意力转回到 X 光身上。"真的感谢你们大老远赶来。做自己的生意,你就得一天二十四小时盯着。我什么活儿都得干:做菜、洗碗,什么都干。"

胳肢窝还在等着默多克付钱或把票退回来。

韦利笨手笨脚地拨动着自动点唱机。他个子高大,胳肢窝可不想对付他和默多克。

"想吃点什么吗?"默多克问道,"我请客。"

"牛肉末三明治。"X 光立即回答道。

"胳肢窝,你呢?"

比起吃,胳肢窝更关心门票钱。"一样。"他说。

"酱要辣一点还是清淡一点?"默多克问。

"清淡点。"X 光说。

"胳肢窝呢?"

"一样。"

凯拉的歌声在餐馆里回荡。

我不是那种女孩,易于
安分守己。
不,我是那种女孩,喜欢
马不停蹄。

默多克带着三明治来到收款机旁。他打开机子，取出两百七十美元，连同三明治一起递给 X 光。

胳肢窝为自己不信任他感到内疚。

我看到你在看着我

那种样子……

请坚持！

再一小会儿。

请坚持！

再一小会儿。

坚持住，宝贝，

只要一小会儿。

因为我就向你走去！

默多克笑了。"伙计，你不会爱上她了吧？"

"她还不错。"韦利说。

"喝点什么？"默多克问 X 光。

收款机旁有一只大大的金属桶，里面装满了冰块和饮料。

"根汁汽水。"X 光说。

默多克看着胳肢窝。"让我猜猜。还是一样？"

胳肢窝耸了耸肩。

"你去上卫生间也会和他一样吗？"

胳肢窝笑了笑，腼腆地耸了耸肩。

你终于得到了我……

在你的怀抱里，

哦，我感到如此……

柔软又温暖。

只有一件事

我想说……

胳肢窝咬了一口三明治。这辈子他吃过不少烤肉，但这或许是最可口的一次。当然，是因为他拿到了钱，而且比预期多了一些。

请坚持！

再一小会儿。

请坚持！

再一小会儿。

坚持住，宝贝，

只要一小会儿。

我这就要上路了。

12

X光又卖了四张票给湖西的几个高中生，像上次那样，胳肢窝又拿到了两百七十美元。他已经多拿了三百美元，还剩两张票，也就是说他还能拿到一百三十五美元。

最后两个竞选世界统治者的演讲在星期四上午进行。倒数第二个演讲的是塔蒂亚娜的好朋友克莱尔，她带来的是小象丹波。

"……所以其他大象都取笑他，后来他喝醉了，上了树，鸟儿为他唱歌。然后他的老鼠朋友说他能飞，因为他有一根神奇的羽毛……"

"没错。我看过这部电影。"后面的一个男孩说。但克莱尔继续说下去。

"以前我很喜欢那部电影！"胳肢窝听到塔蒂亚娜轻声说。他怀疑她是不是还会把票投给库。

最后一个做演讲的是罗比·金凯德，为的是一只名叫乔的犰狳。罗比显然是边说边构思，连那只犰狳的名字都是现编的。

"这是一只犰狳，我认为。要是你愿意的话，可以把票投给他。他的名字是……乔。犰狳乔。他是棕色的，有四条腿，这个外壳一样的东西……"

接下来就是投票。

每个人都必须写下他或她最满意的前两名竞选者。

犰狳乔获胜了，丹波被选为世界的副统治者。要是由于某种原因乔无法履行职责，丹波会接任他的职务。

胳肢窝竭力掩饰着自己的失望，毕竟这只是一次无聊的作业，大家把票投给了唯一能想起来的名字。

"真遗憾，库没选上。"下课后塔蒂亚娜对他说。说话时她把手放在他的胳膊上。

"没什么大不了的。"

"你的演讲最棒。"她告诉他，手还在那儿。

"本来会让金妮开心的。"

"她是你妹妹？"

"我的邻居。"

"没错。她得了白血病？"

"脑瘫。"

胳肢窝怀疑塔蒂亚娜已经忘了她的手还在那儿，但就算她真的忘了，他也不打算提醒她。她的指甲涂成了绿色，香水闻起来像甜瓜。

"嗯，听着。"他说，"你喜欢凯拉·德莱昂吗？"

她捏了下他的手臂。"《红色警报》！我爱死那首歌了。"

"你想去听周六的演唱会吗？"

她咬了咬嘴唇。"你是说跟你一起去？"

"是的。"

"好。"

"真的？"为了确认他问道。

她笑了笑。"真的。"

经济学课结束时，胳肢窝觉得 X 光已经把最后两张票卖掉了，他得花一千五百美元从票贩子那里买两张票。他都听到 X 光的声音在他的脑海中回荡。"七百五十美元——**每张**。"

下课铃一响，他从座位上跳了起来，跑向办公室，问教学秘书能不能借用一下电话。她显得很有同情心，但这么做有违校规。显然，校长、教育部长，甚至是美国总统都无法更改校规。

当你需要犰狳乔的时候，他在哪儿？

胳肢窝离开办公室，忽然看到马特·凯伯克，经济学课上的白人瘦小伙。马特大概是全班唯一一个**自愿**，而非无奈参加暑假班的学生。

"马特！"胳肢窝边朝他冲去边喊，"你有五十美分吗？天哪，我有急用！"

　　马特靠在一排储物柜上从裤子后袋里掏出钱包。"呃，当然有。给你。"他拿出一美元，但没等胳肢窝接过去，钱就从他手上掉下去了。

　　当胳肢窝弯腰去捡时，马特从他的身旁绕了过去，很快消失在转角。

　　"我会还你的！"胳肢窝喊了一声，但不知道马特听到没有。

　　他又折回办公室，秘书给他换了四个二十五美分的硬币。他去付费电话亭给 X 光打电话。

　　"最后两张票卖掉了？"

　　"别担心，别担心。"X 光用安慰的口气说。

　　"卖掉了吗？！"

　　"看，你得……"

　　"卖了还是没卖？"

　　"还没，但是……"

　　"别卖！"

　　"等等。你是谁，你把胳肢窝怎么了？"

　　胳肢窝把塔蒂亚娜的事告诉了 X 光。"她把手搭在我的胳膊上，还有她身上的香水味什么的，我脑子都不好使了。"

"就是那次我看到你跟她说话的那个？发型很奇怪，笑起来傻傻的？"

"是的。"

"她真可爱。"

"两张票我给你一百三十五美元。"胳肢窝说，"把两张票卖了你拿到的也是这么多。"

一百三十五美元看起来很划算。他很庆幸自己不需要掏一千五百美元。

"伙计，那姑娘真把你给迷住了。"X光说，"听着，那是你自己的票，你不用掏第二次钱！"X光笑了。"都是香水味惹的祸。"

13

"嗯，事情往往就是这样。"当胳肢窝告诉金妮库没赢得竞选时，金妮说。他们正一如既往地在附近的街区散步。

"他们应该做的，"胳肢窝说，"是把所有竞选者的名字写在选票上。问题就在于没人记得任何一场演说。"

"嗯，事情往往就是这样。"金妮又说了一遍。

她说话的时候脸抽动了一下，胳肢窝不知道是因为她的残疾，还是因为她想忍住不哭。

"但是，嘿，我的演讲得了个A。"他说，"多亏了库。"他笑了笑。"当然，要是西蒙斯老师以为我会去踢球的话，那也没什么坏处。"

"就像兰……兰德斯辛克勒夫人在绘画课上给……给我……我一个A一样。"金妮说。

兰德斯辛克勒夫人去年是她的老师。

"我甚至不能……能把颜……颜色填在轮……轮廓线里。"

胳肢窝注意到提起学校时金妮口吃更严重了。

"嗯，你知道，画画不只是填色。"胳肢窝说，"它与创造力有关。把你的灵魂呈现在纸上。你很擅长这个。"

"不，她只是为我感到难过。她希……希望我不……不在她的班上。她怕我发……发病。"

胳肢窝原本还想告诉她这不是事实，但他知道或许的确如此。用不着他指出金妮错了，她的麻烦已经够多了。"好吧，是有点吓人。"他说，"但我敢说你身上也有很多她喜欢的东西。你非常有想法，还很体贴别人。"

金妮的手臂举了起来，但这次她自己注意到了，便又放下了。

"哦，我没告诉你！我请一个女孩跟我一起去听凯拉·德莱昂的演唱会。"

金妮用手捂住了张大的嘴巴。她问："她是怎么说的？"

"她说好。"

金妮咯咯笑了。

"有什么好笑的？"

"你……你那……那样……样子。"

"我怎么了？"

"眼睛里充满了梦想。"她又咯咯笑了几声，"她叫什么名字？"她的声音里带着一丝揶揄。

"塔蒂亚娜。"

金妮又咯咯笑了。

"什么？"

"你说话的样子。"

"我说话的样子怎么了？"

"塔蒂亚……阿娜。"

"塔蒂亚娜。"胳肢窝竭力让自己的声音听起来自然些。

"塔蒂亚……阿娜。"金妮说，"她漂亮吗？"

"是的，但是另一种漂亮。就像凯拉·德莱昂的歌《不完美》唱的那样。你明白吗？"他唱了起来："**你想着自己的影子。可是你绝不会明白。你的不完美是你最好的品质。**"

金妮笑了。他唱得真不怎么样。

"正因为所有的不完美，她才那么可爱。"胳肢窝解释道。

"我知道！"金妮说，"我在库身上闻到她的香……香水味了。"

胳肢窝想起塔蒂亚娜抱过库。

"塔蒂亚……阿娜。"金妮逗着胳肢窝。

"我都不知道她究竟喜不喜欢我。"胳肢窝说，"我想她只不过是凯拉·德莱昂的铁杆歌迷。"

"她喜欢你。"金妮说。

"哦，是吗？你怎么知道？"

"因为，你非……非常有想法，还很关心别……别人。"

金妮与胳肢窝绕着街区散步的时候，塔蒂亚娜正坐在克莱尔卧室的地板上，她们的朋友罗克珊也在。她们合吃一碗爆米花，喝着低糖汽水。

"你一点都不害怕吗？"罗克珊问道。

"不，我为什么要害怕？"

克莱尔和罗克珊心照不宣地看了彼此一眼。

"他有点危险。"克莱尔说。

"没准她就是喜欢他这一点，"罗克珊说，"**危险**！"

"他是个好人，"塔蒂亚娜说，"很可爱。"

"可爱？小姐，他差点**杀了**两个人！"罗克珊提醒道。

"你知道在翠湖营他们管他叫什么吗？"克莱尔问。

"嗯，我知道。"塔蒂亚娜说。

"胳肢窝！"克莱尔说，"在所有汗流浃背的可恶的家伙中，他闻起来最糟！"

"太糟了，就连其他一身臭汗的家伙都注意到了，"罗克珊说，"而且你知道男人！得多臭他们才会注意到。"

"你真想坐在他旁边，在那么热的剧场里，所有人紧紧地挤在一起？"克莱尔问道。

"他可能会用他那又粗又胖、汗津津的胳膊搂着你。"罗克珊说。

"我喜欢《红色警报》！"塔蒂亚娜说，"我想能看到凯拉·德莱昂本人唱这首歌太酷了！"

星期五上学前，胳肢窝去了趟卫生间，往脸上撩了点凉水。塔蒂亚娜快进教室的时候，他赶上了她。

"我朋友说我可以用他的车。虽然一扇门打不开了，但至少还有轮子。"

"太棒了。"塔蒂亚娜说，看都没有看胳肢窝一眼。她走进教室，从课桌间挤了过去。当她坐下时克莱尔跟她悄声说了什么，她也回了对方一句。

胳肢窝听不见她们说了什么，可是他读懂了她的口型。她让克莱尔闭嘴。

星期六一早，胳肢窝就去上班了，很高兴能干干体力活，这样就不用因为想着演唱会和塔蒂亚娜而把自己逼疯了。赫尔南德兹把满满一卡车土倒在了车道上，他们往土里掺上泥煤苔，然后撒在院子里。

最好用五十美分的植株和十美元的土，而不是十美元的植株和五十美分的土。杰克·邓利维总是这么说。

四点半左右胳肢窝回到了家，但他没有马上洗澡，不然等到开车去接塔蒂亚娜时又会大汗淋漓了。于是，他去了金妮家。

金妮的母亲开了门，她看起来疲惫不堪。"哦，西奥多，真高兴你能来，"她说，"金妮的……都是我的错。我说了一些不该说的话。"

胳肢窝进了屋。"金妮，你还好吗？"

她坐在地上，正抱着库大哭。

"金妮，怎么了？"

"我爸……爸爸……"她没法说下去。

"你爸爸打来电话了？"

在金妮还是婴儿的时候，她的父亲就离开了这个家。

"他是因为我……我才离……离开的。都是因……因为我的残……残……残疾。"

"我没这么说！"她的母亲说。

"这是真的！"金妮喊道。

"不是因为你。是各种各样的事情。"

"要是我好……好起……起……起来，他会回……回家……家吗？"

金妮的母亲也痛哭起来。

胳肢窝挨着金妮坐下。"我不知道你爸爸有残疾。"他说。

"他没……没有。"

"听上去他好像有残疾，比你的状况糟糕多了。你只不过是脑袋里出了点血，他是灵魂出了问题。我是说，如果他离开了你妈妈和你，嘿，那他就真的有问题。"

金妮耸了耸肩。

"我真希望他能好起来。你至少还可以去做理疗。我不知道他们能拿没有良心和灵魂的人怎么办。"

有人敲门，门开了，胳肢窝的母亲把头探了进来。"西奥多在这儿吗？"她拿着电话，手捂着话筒，"是**她**。"

对于这场约会，他的母亲几乎跟他一样兴奋，尽管他不停地告诉她这算不上是一次**约会**。他们只是一起去听演唱会而已。

他接过电话走了出去，躲开大家。"你好！"

"嗨！怎么样啊？"塔蒂亚娜问道。

"很好。我真的期盼着演唱会。"

"听着，我不知道该怎么说。我不擅于干这个。"

"干什么？"

"真抱歉，我不能去听演唱会了。"

他没有回应。

"西奥多？你在听吗？"

"在。"

"真的很抱歉。家里出了点事情，我走不开。我把这事给忘得一干二净。他们就是不放我走。我父母把这看作家庭时光里要做的事！"

"我能理解。"胳肢窝说。

"真的？"

"真的。"

"但我要你星期一好好跟我说说演唱会的事，好吗？"

"当然。"

"你保证？她唱的每一首歌，她穿的衣服。我**什么**都想知道。"

"好的。"

"真的太抱歉了。或许你可以找别人跟你一起去。"

"是啊，别担心。"

他挂了电话，然后拨了 X 光的号码。

"是塔蒂亚……**阿娜**吗？"他回到屋里时，金妮开玩笑地说，她似乎感觉好些了。

"她去不了演唱会了。"

"哦，真遗憾。"金妮的母亲说。

"唔，事情往往会是这样。"胳肢窝说着冲金妮眨了眨眼睛。

"你想抱抱库吗？"金妮提议道。

他摇了摇头。X 光说还有人在给他打电话打听门票的事情，所以没准还不算太晚。如果没人问，他们还可以去孤星，在门口把票卖掉。

但现在他有了别的想法。"那，金妮，"他说，"你想跟我去听演唱会吗？"

金妮睁大了眼睛。她看着母亲，母亲耸了耸肩，然后点点头同意了。

14

"只要别穿个鼻钉回来。"金妮的母亲告诫说。

金妮保证她不会那样的。

胳肢窝的父母似乎比金妮的母亲更担心她的安全，但这主要是胳肢窝造成的。因为无论他们说什么，他总是会自然而然地顶撞几句。

"好啦，你要一刻不停地紧紧盯着金妮。"

"她能照顾好自己。"

"摇滚演唱会上有不少人很疯狂。"

"不能因为他们文了身或舌头上穿了孔就说人家疯狂！"

"如果你不能负责的话……"

"金妮的母亲都信任我，为什么我自己的父母却信不过我呢？"

"因为我们了解你。"

他不知道自己为什么那样跟父母争吵。他其实比他们更关心金妮的安全。他知道摇滚演唱会很可能是非常疯狂的场面，必须时刻保护好金妮，在他们安然无恙地坐到座位上之前绝不松开金妮的手。

他给 X 光打了电话，想确认他没有把票卖出去。

"我正在跟一个人通话呢！"X 光说，"他说愿意掏一百五十美元买一张票。我告诉过你票价只会涨上去。我这么说过吧？"

"你不能卖了。我要带金妮去。"

"金妮？你疯了吧？你是不是彻底失去理智了？"

"听着，她今天过得很糟糕。只管把票送过来吧。我想早点出发，这样可以避免拥挤。"

"我们说的可是三百美元！"

"我答应金妮了。"

X 光说二十分钟后过来，但听得出来他很不情愿。

把电话放好后，胳肢窝叹了口气。或许他就是疯了。他甚至不知道金妮能不能受得了那么嘈杂的音乐和那么多人。

不一会儿电话响了。又是 X 光。

"我告诉那人说票不卖了，结果他开价两百一张。"

"不卖。"胳肢窝说。

"四百美元！"

"不卖。"

马上就七点了，X光还是没有露面。胳肢窝和金妮在门口等着，金妮的母亲陪着他们。

"要听西奥多的话，他让你做什么你就做什么。"她的母亲说。

"我会的。"金妮向母亲保证道。

他要开金妮母亲的车去。她执意让他这么做，这对他来说当然不错，因为如果开X光的车，他们就得先把X光送回家，这样一来时间就赶不及了。而且，金妮母亲那辆凯美瑞无疑比X光的车更靠得住，更安全。

胳肢窝的母亲也来到外面。"还没到？"

胳肢窝摇了摇头。

"你肯定为西奥多感到很自豪。"金妮的母亲说。

胳肢窝的母亲措手不及。"哦，嗯，是的，当然了。"

要是他把票给卖了，我就宰了他，胳肢窝心想。片刻之后，X光的车就从街角拐了过来。

X光在门前停了车，然后从副驾驶室那边钻出来，胳肢窝和金妮走过去迎他。

"怎么耽搁了这么久？"胳肢窝质问道。

X光装作没听见。"嘿，金妮，准备好**摇滚**了吗？"

"是的。"

X光笑了，然后递给胳肢窝一个信封，里面装着最后两张票。"记住，"他说，"见机行事。"

"好的。"胳肢窝说。

"**听见我说的话了吗？见机行事。**"

"好啦，我听到了。"胳肢窝说。他没时间听 X 光胡扯。

他和金妮钻进了她母亲的车，然后他小心翼翼地把车从车道上倒出去，大家挥手道别。他看到 X 光对金妮的母亲说了些什么，她母亲笑了。

他们转过街角。仪表板上的时钟显示着 7:06。演唱会八点才开始。

他冲金妮眨了眨眼睛。她的双眼也闭上又睁开。

胳肢窝唱道："**我要带你去兜风！我们会玩得很开心！我要带你去兜风！**"

金妮也跟唱了起来："**我们会玩得很开心！**"

胳肢窝："**我要带你去一个你从没去过的地方……**"

他们齐声唱出了最后一句："**你将不再是从前的你！**"

15

他们一路唱到了孤星演艺中心。"知道吗，唱歌的时候你一点都不结巴。"胳肢窝说。

金妮笑了。

"也许你应该不停地唱歌。"

金妮又笑了。"**早上好。**"她唱道,"**我要吃煎……饼。**"

胳肢窝笑着把车开进了停车场,里面已经挤满了汽车和人。

金妮还在唱:"**二加二等于四,兰德斯辛克勒夫人。**"

他找不到还能停车的地方。都怪 X 光,他们来得这么晚。

他从身旁车门的口袋里拿出了残障人士标示牌。"我得用这个了。"他说。

金妮停下来不唱了。

"不是因为觉得你不能走路。"

金妮点了点头。"我明白。"她说。

他把标示牌挂在了后视镜上,把车停在正前方。

朝会场走去时金妮一直紧紧抓着胳肢窝的手。她太兴奋了,要是没有他支撑着,早就跌倒好几次了。"步子小些。"他提醒她。

"她能行吗?"检票员问道。

"她这是在跳舞呢。"胳肢窝告诉他。

到了里边,他们必须在来来往往的人群中艰难地穿行。在找到座位前,他们先在纪念品柜台前排了好长时间的队。

金妮的母亲给了她二十美元。

胳肢窝把金妮举到了肩上，好让她看清楚。她真的很想得到一件凯拉·德莱昂巡回演唱会的官方 T 恤，但是排到前面时才得知一件要二十八美元。

胳肢窝愿意付多出来的八美元再加上税款，但金妮的母亲已经嘱咐过她不要让西奥多付任何钱。于是，金妮就买了两瓶塑料纪念杯装的饮料和一袋爆米花——两人一起分享。她付了那张二十美元的钞票，找回一美元七十五美分。

胳肢窝拿着爆米花和他的饮料，金妮抓着自己的饮料和胳肢窝的手，他们缓缓地朝座位挤过去。他不禁想起了上次在拥挤的地方拿着爆米花的情景，但他们还是平安无事地到达了 B 区 M 排，1 号座和 2 号座。

巨大的舞台伸展在他们面前，两边耸立着高塔一样的扩音器。在他们身后至少还有四十排座位，那些都是好座位。在四十排之外以及两边，还搭起了两层露天看台。

他看了看坐在周围的观众，意识到他们都是从 X 光手里买的票。好吧，至少他们的钱花得不冤枉。这些座位的确不错。

"很棒的座位，嗯？"他说。

"是的。"金妮说。

他在找默多克，但是没看到他。几个座位之外坐着一个非洲裔美国女孩和她的男朋友。如果她是默多克的女儿，那就太糟糕了。他还记得默多克买票是为了能跟女儿一起度过一个月里唯一能见到她的周末。

在后台，凯拉·德莱昂嚼着一片早已没有味道的口香糖。对她来说此刻永远是最糟糕的时刻，她知道只要开始唱就没事了。那时她就消失在音乐里了。

后台挤满了人，有一半的人她都不认识。除了巡演的工作人员外，还有唱片公司经理、那些经理的朋友、律师的孩子、安保人员的小叔子和大舅子。偶尔还有一些人悄悄地绕过傻瓜保镖，向她索要亲笔签名。在休斯敦，一个女人和她的两个孩子竟然要她为他们唱一首歌。

凯拉穿着淡紫色的运动服。里面是演出服，其实只不过是带着流苏的闪闪发光的内衣裤而已。在成千上万人面前穿成这样似乎毫无问题，但在这小小的地方却让人尴尬。

她真希望自己待在更衣室里而不是被这些人包围着。快八点了，但演唱会从来没有准时开始过。现在她应该最清楚这一套了。小天才艾尔喜欢"让他们等着"，直到现场观众都疯狂起来，才让她上场。

她看着他对着对讲机大呼小叫。她真同情对讲机另一头的那个人。在他旁边，她的母亲正喝着酒，用的就是印有她照片的讨厌的塑料纪念杯。最近，她母亲总是在演出期间喝鸡尾酒。

至少艾琳不在周围，凯拉再也不想看到她了。她已经去了达拉斯，确保他们下一站将要下榻的酒店安排妥当。

凯拉不知道母亲是否对杰罗姆和艾琳之间的事有所怀疑。或许她喝鸡尾酒就是出于这个原因。

一位当地的主持人已经上场了，正在煽动观众的情绪。

"大家都准备好了吗？"

"是的！" 金妮竭尽全力喊道，但是就连坐在她旁边的胳肢窝都听不见她的声音。人太多了。

"真的吗？"

"是的！"胳肢窝和金妮喊道。

"再过五分钟，凯拉·德莱昂就要站在这里了！"

胳肢窝感到金妮的指甲抠进了他的手臂里。

"就让我们再坚持一小会儿！"

所有人都高声唱着凯拉歌曲中的句子。

胳肢窝渐渐地才察觉到有人在拍他的肩膀。他回过头看到一个保安。

"对不起，"保安说，显然已经不是第一次说这句话了，

"请问，我能看看你的票吗？"

一个男人和一个小女孩站在他身后。那女孩大概跟金妮差不多大，尽管看起来个子要高得多。

"请问，我能看看你的票吗？"保安又问了一遍。

"我的票？"

"是的。"

胳肢窝努力回忆着把票放到哪儿了，他希望没在拿爆米花和汽水时把它们丢了。

"你们坐在我们的座位上！"那女孩指责道。

"不……不是的！"金妮说。

胳肢窝站起来翻自己的口袋。保安本能地后退，跟他拉开距离。

"我不想找麻烦，"保安说，把手放在对讲机上，"我只想确认一下你们没有坐错地方。"

胳肢窝也不想惹麻烦。"我的位子就在这儿。"

"先生，请你跟我走一趟。"

"我有票！"胳肢窝喊道，一半是因为沮丧，一半是为了让对方听到，周围的观众已经不耐烦地跺起了脚。

"先生，请跟我来吧，我会帮你们找到座位的。"

"稍等！"

保安对着对讲机说："这里需要增援。B区。"

胳肢窝裤子上的口袋太多了：右前方有三个，左前方有两个，后面还有两个。"找到了！"他喊道。票就在前面的一个口袋里。他把票根递给保安。

正当保安仔细查看的时候，两名身穿制服的警官急匆匆地从过道另一头赶过来。"这儿出什么事了？"其中一个问道。

"没事。"胳肢窝说。

"假票。"保安说，"他不愿意离开。"

"什么？"胳肢窝喊道，伸手去够票，"让我看看……"

一名警官抓住了他的胳膊，朝他身后一扭，迫使他转过了身。

胳肢窝挣脱了警官的手，但另一名警官又抓住了他。

接下来他就发现自己趴在地上，脸被压在水泥地上。他能感到一只膝盖狠狠顶在后腰上。

感觉好像他的一只胳膊先脱臼了，接着另一只被猛拉到了背后。随即被铐在了一起。

有人揪着他的头发把他的脑袋拽起来，一名警官冲着他的脸喊道："她服什么了？"

"你给她吃什么了？"另一名警官也喊道。

他疼得往后缩，感觉头发都要被扯掉了。他听到保安在打电话叫医生。"我们得给她洗胃！"

警官忽然松开了他的头发，他的脸"砰"地撞在了地上。"听着，"警官说，不再叫了，"如果弄清楚我们需要处理的是什么毒品，会帮上大忙。"

　　"你现在觉得糟糕了吧，"另一名警官说，"相信我，你不想她出事吧。"

　　"帮我们救她一命！"

　　"她服了什么！"

　　胳肢窝设法瞥了金妮一眼，她正在地上不由自主地抽搐着。

　　看到这幅情景，他翻了起来，把两名警官撞得后退了一下，但只有一会儿。他们很快又抓住了他，接着一根警棍落在了他的脖子上。

　　"这儿出什么事了？"

　　是一个女人的声音。

　　"市长，别过来。他嗑了药，丧失理智了。"

　　"对一个已经躺在地上、还戴着手铐的人，你们不应该再动武了。"樱桃巷说。

　　"他给那个小女孩吸毒。"

　　"她没吸毒！"胳肢窝喘着气说。

　　"闭嘴！"警官说，把他的头按倒在地板上。

　　他挣扎着抬起了头。"我在你家挖过水渠！"他喘着气说，"你说过你很钦佩我！"

市长双手撑着膝盖，弯下腰，想仔细看看他。她那长长的银发垂在脸颊两侧。"你在杰克·邓利维的公司工作？"

"是！"

"那女孩怎么了？"

"她没吸毒。我发誓。她犯病了。"

"我们逮到他用假票。"一名警官说。

"让我帮帮她。"胳肢窝恳求道，"求求你们了。"

"你们觉得他知道那票是假的？"市长问，"你们以为如果他知道票是假的，还会坐在这些座位上？"

"我能帮她。"胳肢窝说。

"让他去！"市长命令道。

"我觉得那样做不好。"

"立刻放他走，除非你接下来的十年里想在拉马尔大道上走来走去。"

打开手铐的时候，警官又狠狠地拧了一下胳肢窝的手臂。另一名警官准备好了警棍。

身体还没站直，胳肢窝就朝金妮冲了过去。她的嘴角淌着口水，身体扭来扭去，抽搐着。她的眼睛睁得大大的，但什么也看不见。

洒满了饮料和爆米花的地板黏糊糊的。

"我在这儿，金妮，"他轻轻地说，"我在这儿。"他擦去了她脸上的口水，扶正她滑落到一侧的眼镜。

周围的观众连同他们的座位都被清空了。

"她不会有事吧？"市长问。

他把手伸到金妮的脑袋下面，轻轻地把她的头抬起来，"现在没事了。"他轻声说。他搂着金妮颤抖的身体，贴在自己的胸口。

"怎么了？"凯拉质问道。外面的骚乱和内场的等待快让她发疯了。

"从没见过这么滑稽的事！"杰罗姆·佩斯利笑着回到了后台，"那小丫头躺在地板上扭着身子，满身都是口水，看起来像是一条跳出鱼缸的金鱼。你知道它们怎样不停蹦着，直到死去吧？"

"你认为那很**滑稽**？"凯拉问。

"问题是，每个人都以为她嗑了药呢，对吧？但她根本没有。她天生是个瘫子！"

"这就是**滑稽**？"凯拉又问。

"太糟糕了。"凯拉的母亲说，不过她似乎更关心自己的酒，这会儿只剩下一些冰块了。

"瞧，她跟那个大个儿黑人在一起。"小天才艾尔解释道，"那个白人小丫头痉挛发作时，警察却把他打得够呛，因为他们认为他给了她毒品！"

"哦，是吗，那真可笑！"凯拉说。天哪，她恨他！

"他说的是非同寻常的滑稽，而不是一般的可笑。"她的母亲解释道。

"他可不是这么说的。"

"自作自受，"她母亲的丈夫说，"他们花了三百美元向票贩子买了两张假票！"他笑起来，"有些人就是蠢得要死！"

"他们现在在哪儿？"凯拉问。

"他们在五到十分钟之内就能把现场打理好了。你最好让罗斯玛丽再给你弄弄头发。看起来有点趴下去了。"

"他们现在在哪儿？"凯拉又问道。

他们在保安区内的帆布床上坐着，被五六名保安和医务人员团团围着。胳肢窝仍然抱着金妮，但她的症状已经缓和下来，只是还在流泪和打嗝。

医务人员只受过处理吸毒过量和轻伤方面的培训，对脑瘫几乎一无所知。

"她不用去医院。"胳肢窝说，"她只需要在宽敞点的地方喘口气。"

一个女人把手搭在金妮的手腕上。"我只是给你把把脉。"

金妮把手抽了回去。

市长也留在那儿，尽管保安部的负责人反复劝她回到座位上看演出。观众席里，人们一边喊着要凯拉出来，一边跺着脚。胳肢窝能感到地板都在震动。

"你说他向你逼过来？"负责的警官问那名给胳肢窝戴上手铐的警官。

"我想把票拿回来！"胳肢窝想解释一下，随即感到金妮在他突然开口说话时颤抖起来。

"他做了一个威胁性动作，但我很快控制住了局面。"

"毫无疑问他是在拒捕。"另一名警官说。

"他的朋友犯病了！"市长指出，"他只想去帮她！"

"求求您了，市长。如果您回到座位上去，对大家都有好处。"

"我不允许你用指责受害者的方式来为自己的行为狡辩。"市长坚定地说。"我问你，"她说，把注意力转向那名警官，"如果他是白人，那他的动作还具有威胁性吗？"

胳肢窝不得不把局面交给樱桃巷。她是一位强悍的女士。

"与其给受害者找麻烦，"市长继续说道，"你不如回去把那个区域所有观众的姓名和电话都弄清楚。或许其他人的票也是从同一个票贩子手里买来的。"

又有两个人走进来：一个十来岁嚼着口香糖、穿着淡紫色运动服的非洲裔美国女孩，身后跟着一个三十来岁衣着考究的白人男子。

"你究竟是什么人？"保安部的负责人质问道。

金妮知道她是谁，立即停止了啜泣。

"我听说票出了点问题。"那女孩说。她坐在帆布床上，挠着胳肢窝，问金妮叫什么名字。

"金妮。"

"嗨，金妮。"

"嗨，凯拉。"金妮说。

胳肢窝这才意识到她是谁，他不敢相信她就坐在自己身旁，她的腿几乎碰到了他的腿。

"现在感觉好点了吗？"凯拉问。

"嗯。"

"她不会有什么事吧？"凯拉问胳肢窝。

"她没事！"胳肢窝说，听起来有些过于热情。他简直不敢相信自己正在跟凯拉说话。"以前就出现过这种情况。她只是需要一点时间和空间。"

"我听说了。"凯拉对金妮说，"外面吵死了。到处挤满了人，然后他们就说你们的票有问题。"

"我的身体发……发出了红色警报。"金妮说。

这话让凯拉笑了。"你现在好像没事了。"她说，"你愿意来后台，待在那儿看演出吗？"

"嗯。"

16

胳肢窝不确定凯拉的邀请是否也包括他，但他不打算被落下。凯拉带着他们离开了保安区，走进了一条漆黑的走廊。

"对不起，我走得太慢了。"金妮说。

"不用着急。"凯拉说。出了走廊来到会场，观众还在那儿跺脚拍手。

"你算是她的陪护还是别的什么人？"她问胳肢窝。

"我们只是朋友，没别的。"他告诉她。

"他是我最好的朋友。"金妮说。

"对不起！"凯拉说。因为金妮是一个白人女孩，胳肢窝比她大，而且还是个非洲裔美国人，凯拉还以为他在为金妮家工作呢。

胳肢窝不知道她为什么要道歉。

"这是弗雷德，我的保镖。"凯拉说，"他在这儿保护我免受金妮的伤害。弗雷德，你觉得你对付得了她吗？她看起来危险极了。"

听到这个玩笑，胳肢窝笑了。但他和其他所有人都清楚，金妮不是弗雷德要严防死守的人。

"我只是在尽我的职责，德莱昂小姐。"弗雷德说。

他们到了楼梯口，凯拉问金妮能否自己走上去。

"我得抓着别人。"

"那就抓着我吧。"凯拉说着伸出了手。

金妮的镇定令胳肢窝感到吃惊，跟凯拉·德莱昂待在一起，她似乎一点也不紧张，他却相反，几乎已经六神无主了。

凯拉领着他们上了楼梯，然后穿过一扇门，进了后台。几个人很快朝他们走过来。

"这是我的朋友，"凯拉说，"金妮，还有……"

"西奥多。"胳肢窝说，帮她解了围。

"我们得给他们俩找个地方，好让他们看演出。"她朝胳肢窝和金妮转过身，"戴维会照顾你们的。"

戴维穿着一件马甲，没穿衬衫。他的头发是红的，胡子是红的，胸毛也是红的。皮带上别着各种工具，马甲的众多口袋里也装了不少。

"跟我来。"戴维说。一个西班牙女子把凯拉带走了。
"我们就把你们安置在混音器后面吧。"

"等等，等等，等等，"一个穿着短裙和紧身 T 恤的漂
亮女人说，"亲爱的，稍等一下。让我先把你们拾掇干净。
戴维，给他们几件 T 恤。"

那女人自我介绍说她叫罗斯玛丽，然后带他们去了化
妆间。三名伴唱歌手正在里面抽烟。

当她帮金妮洗刷时，戴维带着一盒纪念衫回来了。"你
要什么颜色的？"

"红的。"金妮说。

"给他也来一件。"罗斯玛丽说着指了指胳肢窝。

"我不要紧。"胳肢窝说。

"你太脏了。把你的衬衫脱下来。"

戴维拖了两把折叠椅，把胳肢窝和金妮带到舞台上。
他走到靠近键盘的地方，伸出手就能弹上一段。

一直不耐烦地喊叫、跺脚的观众忽然停止喧哗，鼓起
掌来，高兴地看到终于有点动静了。

金妮捏了一下胳肢窝的手。

戴维把折叠椅放在一块巨大的电子设备后面。"别担

心，"他说，"没人看见你们在这儿。"

一个扬声器架子就在附近，但他们在扬声器后面，所以不会被声音震得难受。

混音师自我介绍说叫特里。他戴着耳机。混音器由一个装有多个开关的面板、灯和表盘组成。"靠着这个，乐队成员就能听到自己和其他人的声音了。"他解释道。

"太酷了。"胳肢窝说。

戴维不一会儿就回来了，带来两个纪念杯，里面装着柠檬莱姆汽水，然后匆匆地离开了。这时，全场陷入了一片黑暗，接着音乐震撼着舞台，差点把胳肢窝从椅子上震下来。

闪光灯在乐队各名成员的身上扫了一圈，最后，一束绿光落在凯拉·德莱昂身上。

你听说了她很顽皮，
你听说了她很狂野，
你听说了她只不过是
一个纯真可爱的孩子！

哦，机会来了，
你可以发现！

因为我就是她，

　　你听说过的！

　　难以想象，这就是几分钟前他见到的那个嚼着口香糖的女孩。她漂亮得叫人眼花缭乱。

　　你尖叫着醒来，

　　在半夜时分，

　　这究竟是一场噩梦，

　　还是欣喜若狂？

　　胳肢窝脚下的地板随着鼓点跳动，他能感觉到贝斯的振动钻进了他的骨头里，他只希望这对金妮来说不会太响，但她只是盯着凯拉·德莱昂，一副神魂颠倒的样子。

　　你最好睁开双眼，

　　如果你想要发现，

　　因为我就是她，

　　你梦到过的！

　　打在凯拉身上的灯光不停地变换着颜色，她身上的演出服似乎也随之闪烁着不同的光芒。

有人告诫过你她的力量，
有人告诫过你她的魅力。
他们说当她爱上你，
她就会让你的身体受伤！

哦，再靠近一点，
如果你想发现，
因为我就是她，
他们告诫过你的！

如果观众席上的人可以再往前凑一点，那他们是绝不
会犹豫的。全场都变得疯狂了。金妮在胳肢窝的耳边叫喊
着，但他听不清她在说什么。没关系。他能感觉到她是那
么兴奋。

一曲结束后，他们俩都站了起来，拼命地鼓掌。凯拉
瞥了他们一眼，笑了笑。

演唱会还在继续，歌曲从快到慢，从时髦到真诚，但
凯拉始终有一种魔力能控制观众。就连她自己也能感觉得
到。通常她沉浸在歌曲中时会彻底忘掉观众，但今晚情况

有所不同。似乎观众也成了乐队的一部分，她从他们的身上汲取着能量。

"我听收音机。"她说，"听到了太多的愤怒和仇恨。好像男人们都认为必须强硬、冷酷，才能成为一个男子汉。但在我看来，男子汉是有勇气去爱，也有勇气接受爱的人。"

鼓手考顿狠狠地敲出一串强劲而坚定的鼓点，接着凯拉忽然转入下一首歌。

> 愤怒青年，用你！
> 愤怒的年轻的心，还有你的！
> 愤怒的年轻的眼睛，还有你的！

鼓点在每一句末尾砸下来，干脆利落。

> 愤怒的年轻的嘴巴，[砰！]吐出
> 纠结的残忍的话，[砰！]关于……
> 你认识的人，[砰！]还有！
> 你赚到的钱，[砰！]还有！
> 你伤害过的女人，[砰！]用你的！
> 可恨的爱。

胳肢窝听过这首歌，但是他从来不曾感受到歌曲背后如此强烈的怒火。此刻，看着她，听着她，目睹她眼中的激情，他几乎快要哭出来了。歌里唱的可能就是几年前的他，那时他还没有去翠湖营。不过，让他从满腔怒火中解脱出来的其实并不是翠湖营，而是回到了家，遇见了金妮。

你会变成一个
可怜的老人，带着一颗！
可怜的苍老的心，还有两只！
可怜的苍老的眼睛，还有你那！
可怜的苍老的怒火，一起住在
你那可怜的老笼子里……

接下来，凯拉唱起了《不完美》，这让胳肢窝想起了塔蒂亚娜。他已经完全忘记她了。他很高兴最后带了金妮来看演唱会，不只是因为他来到了舞台上，只要看看金妮盯着凯拉的那副神情，他就很开心了。

凯拉开始唱《伤心的女孩》，胳肢窝抓住了金妮的胳膊，让她仔细听歌词，但是很难听清。音乐太响，观众在尖叫，而且伴唱歌手唱着某种旋律重复的和声。

……这些珠宝、这些鞋子、这条裙子，

　　一幅成功的完美画卷。

　　谁也想不到，胳肢窝，

　　有个伤心的女孩。

"听到了吗？"他问金妮。

金妮不明白他说的是什么。

她当然不明白了。他很清楚。他知道自己一定是听错了。

最后，歌曲将近结束时，一切都慢了下来。音乐变得柔和，伴唱歌手停了，就连观众也变得悄无声息。在一束孤零零的聚光灯下，凯拉轻轻地半唱半哼着最后一句歌词，她看起来是那么孤单，那么脆弱。

　　救救我，胳肢窝，

　　有个伤心的女孩。

至少，在他听来凯拉是这么唱的。

"怎么样？"两人站起身鼓掌时，胳肢窝问金妮。

"我喜欢那首歌。"金妮说。

随后，凯拉又演唱了快节奏的《煎锅》，歌词简直就像子弹一样从她嘴里射出来。

> 一个名叫玛拉的操劳过度、无人关心的家庭主妇
>
> 在煎锅里热晚饭，在烘干机里烘一缸衣服，
>
> 当杂志推销员上门问她
>
> 想不想买一份杂志，
>
> 看了他一眼，她就充满渴望。
>
> 她买了一份《时代》，还买了一份《时尚先生》。
>
> "夫人，您还需要什么吗？"
>
> 她说："带我离开这口煎锅……
>
> 进入熊熊烈火！"

胳肢窝非常惊讶凯拉能背出所有的歌词。接下来还有三段，似乎一段比一段快。

"哟！"歌一唱完，凯拉就叫了起来，观众们大笑着鼓起了掌。

"天哪。"凯拉说，"这么多的歌唱得似乎都跟性有关！"

她的话招来了嘘声，但更多的是掌声。

"你们绝对想不到，我还是个处女。"

听到这话，观众变得疯狂了，吉他手弹了一个噪音，听起来像是在狠狠地砸着琴弦一样。

演唱会的每一个环节都经过精心策划和安排，凯拉之前从未这样说过。这句话就那么脱口而出了。头一次，她觉得这么有趣。她转过身，冲着金妮和她的朋友挥了挥手。金妮也向她挥着手，但她的朋友看起来像是惊呆了，像一头站在车灯下的鹿。

乐队开始演奏下一首歌了。

　　我要带你去兜风，
　　我们会玩得很开心！
　　我要带……

胳肢窝和金妮回过头来看着对方。这已然成了他们的歌。他们站了起来，直到听完整首歌才坐下。

"哇！"胳肢窝喊道。

金妮朝他笑着。

她转圈的时候，他拉着她的手。

　　从没有人指责过我脚步太慢，
　　所以挺住，宝贝，别放弃！

　　哦，我没有后视镜，

两边也没有后视镜。

没有后视镜，

两边也没有后视镜。

不要往后看，宝贝，

当我带你去兜风的时候！

歌曲结束后，凯拉宣布她想介绍她的两个朋友。令胳肢窝惊恐的是，她转向了他和金妮。在演讲课上站到教室前面，他已经够难熬的了。

"出来吧。"凯拉说，冲他们晃了晃手指。

金妮站了起来，胳肢窝却还结结实实地坐在椅子上。

"你最好去，"混音师特里说，"不然会更糟糕。"

胳肢窝牵着金妮的手走上舞台，但这次很难说究竟谁在帮谁。

"他们是我的朋友，金妮，还有……"

胳肢窝想她又把他的名字忘掉了，但她最后还是想起来了。

"……西奥多。他们差点没看成今晚的演出。一个卑鄙的票贩子把假票卖给了他们。"

所有人都嘘了起来。

"嗯，我想最后你们还是有了非常棒的位置，对吧？"

她把话筒举到金妮面前。

"是的。"说完金妮退缩了一下，也许是因为听到自己被放大的声音，或是观众的喝彩声。

"那到目前为止，你觉得演出怎么样？"凯拉问金妮。

"太棒了！"金妮说。大家都赞同地欢呼起来。

"你呢？"凯拉边问边将话筒举到胳肢窝面前。

他不知道该说什么。"太棒了！"他随声附和道。

这次没人欢呼。

"我也觉得太棒了。"凯拉说，"事实上，我觉得这是我有史以来最棒的演出。"

考顿"砰砰砰"地敲着鼓以示赞同。

"那么，金妮，你最喜欢哪首歌？"

金妮毫不迟疑。"《红色警报》！"

"听听这位女士说的！"

全场都在为凯拉的极大成功而沸腾，主音吉他发出像警报一样的声音。

　　每当你来——来——来到我身边，
　　我就听到警——警——警报声。

她边唱边围着胳肢窝和金妮跳舞，还一直盯着胳肢窝，仿佛这首歌是为他唱的。

　　　　你那匆匆的一瞥，
　　　　让我惊惶不安。

　　胳肢窝手足无措，不知该做什么。
　　金妮和伴唱歌手一起喊着"红色警报！"，尽管胳肢窝
只能看到她的嘴唇一张一合。

　　　　心猛烈地跳——跳着！
　　　　红色警报！
　　　　神经在跳——跳着！
　　　　红色警报！
　　　　我听到的只是一阵警报声。

　　胳肢窝终于想方设法带着金妮回到了有混音器掩护的
座位上。

　　　　系统全面关闭——
　　　　闭——闭——闭！

凯拉喊道："非常感谢！我爱你们！"她和乐队离开了舞台。

观众喊着再来一个，金妮和胳肢窝也跟着一起喊。灯光仍然暗着。

大约五分钟后，他们回到舞台上，唱起了《再坚持一会儿》。唱到最后一句"……**我这就要上路了**"时，凯拉给了观众一个飞吻，再次离开舞台。

人们继续喊着再来，但这次灯光亮了。

"成功的演出，凯拉。"邓肯说。

凯拉很惊讶。他以前从来没跟她说过这样的话。乐队里也没有一个人这样说过。但今晚一些特别的事发生了，他们都能感觉到。

"咱们再返一次场，怎么样？"蒂姆 B 说。

"我觉得不错。"考顿说。

通常乐队收工，他们就收工了。这是他们的工作，仅此而已。之前的返场是策划好的，就是这么回事。

"我们已经把知道的歌都演奏完了。"邓肯提醒道。

"那就演奏一首我们不知道的吧。"比利·古特说。

凯拉笑了。

"我觉得这主意不错，"考顿说，"凯拉，你呢？"

"想试试《心的角落》吗？"凯拉建议道。她一直在听珍妮丝·贾普林的唱片，这是她最喜欢的歌。

"就这么办。"蒂姆 B 说。

他们走回舞台时，全场又一次疯狂了。

"我们已经把知道的歌都唱完了。"凯拉对喧嚣的观众说，"所以，接下来我们要来一首我们不熟的歌！"

有史以来大概还从未有人把这首歌唱得如此糟糕。凯拉原以为自己记得歌词，结果她只能不断跳到歌中不同的段落，反复唱着已经唱过的歌词，乐队还得尽力跟上她。

但是没人介意。这纯粹是好玩，观众也跟他们一起开心着。摇滚乐本该如此。

就连矫揉造作的伴唱歌手，其中两人已经换上了牛仔裤，也跑上台，声嘶力竭地叫着。

拿走吧！
再把我的心拿走一点，宝贝……

乐队试图即兴表演出高潮作为结尾，但最后那首歌还是失败了。

"天哪，太糟了！"凯拉在雷鸣般的掌声中笑着说，然后和乐队离开舞台，不再回来。

17

　　一群工人在打扫舞台、拆除线缆、搬走乐器和设备，这时胳肢窝和金妮却不知道自己该做什么或该去哪里。他们刚起身，折叠椅就被撤走了。要是不牢牢地抓着纪念杯，估计也会被拿走。

　　除了通过后台，没有下去的路。而且他们还得把平时穿的衬衫从不知谁那儿拿回来。所以，他们俩互相扶持着，穿过幕布。

　　后台没有原先那么拥挤了，但人们还在不停地走来走去。有人喊道："当心背后！"说话间一辆装满电子设备的推车就从他们身旁经过向布景装卸处走去。

　　"金妮！"

　　是戴维，那个单穿马甲没穿衬衫的红胡子。"凯拉正找你。这儿，跟着我。"

　　胳肢窝也跟在后面，戴维没有阻拦他。他带着他们穿过一条狭窄的过道，过个拐角就发现凯拉在跟一个高大健壮的黑人争论，凯拉的保镖则站在一旁。

"……**本来会**是你最棒的演出。"那人说,"可是你知道乐评人会写什么吗?'她不是珍妮丝·贾普林'。他们只会说你如何将她的经典老歌给糟蹋了!"

"我们很开心!摇滚乐本来就应该是自然的!"

"你这都是从哪儿听来的?"

"考顿。"

"考顿。"那人重复道。他瞥了胳肢窝和金妮一眼。"这地方闲人免进。"他说。

"他们是我的朋友!"凯拉说,"我请他们过来的。"

那人皱起了眉,转身走开了。

"对此真抱歉。"凯拉说,"嗯,你们俩想来点冰激凌吗?"

"好的。"金妮说。

"呃,什么味的?"胳肢窝问。他不知道自己为什么会那么说,有时候话似乎自然而然就从嘴里冒出来了。

"我看看。"凯拉说。她打开更衣室的门,走了进去。

胳肢窝和金妮留在大厅里。

"嘿,进来。"凯拉对他们说,好像觉得他们有点傻。

金妮进去了,胳肢窝跟在后面。

凯拉的保镖也要进去,但是凯拉叫他在外面等着。

房间小得令胳肢窝感到惊讶,比一个储藏室大不了多少。一个小沙发挤在两面墙之间，对面的地板上放着一个微型冰箱。

凯拉打开那个小冰箱，然后打开那个更小的冷冻室，里面只放得下一夸脱冰激凌。"是带巧克力碎的那种，"她对胳肢窝说，"可以吗？"

"可以，很好。"胳肢窝说，真希望自己从没问过味道的事。

"我可以叫戴维给你拿点别的。"

"带巧克力碎的是我最爱的冰激凌！"他想要结束这个话题，结果听上去却像个孩子。

凯拉把冰激凌挖到两只塑料碗里，给他们每人一碗。"那么，坐吧。"

"你应该坐沙发。"胳肢窝说，"你是明星。"

"闭嘴吧。"凯拉说。

金妮笑了。"她叫你闭嘴。"

"我知道。我听见她说了。"

胳肢窝挨着金妮坐在沙发上。凯拉坐在地板上，直接就着纸盒吃她的冰激凌。

"每次演出结束后我总是这么饿。"她说，"演出前我太紧张了，根本吃不下东西。"

"你看起来不紧张，"胳肢窝说，"你看起来真的很冷静。"

凯拉笑了。"冷静？看看我。我都被汗水湿透了。真讨厌。"

要是跟她再熟点，胳肢窝或许会说，**你以为自己出汗多啊。哥们儿，你压根儿就不知道汗是什么！**但他不敢对凯拉·德莱昂说这样的话。

"那个男人为什么对你嚷……嚷嚷？"金妮问。

"他？那是艾尔——我的经理。"凯拉说，"最后一首歌都他妈把他气疯了。哦，对不起，金妮。"

"没关系。"金妮说，"在学校里我也会听……听到脏……脏话。"

"我觉得最后那首歌棒极了！"胳肢窝说。

"唉，我不知道。"凯拉说。

"是首新歌吗？"胳肢窝问她。

"你以前从没听过？"

"没有。"

"可别告诉我你从来没听说过珍妮丝·贾普林？"

他没听说过，但他现在不敢承认。"或许听过吧。"他说。

"要是听过，你就会知道。她就像是我一辈子都喜欢的歌手。你知道，她就出生在这儿，得克萨斯。"

"你见过她吗？"金妮问道。

"总有一天咱们都会见到她的,"凯拉说,"但不是在得克萨斯。"她转身问胳肢窝:"你听说过披头士吗?"

"闭嘴。"他说。

金妮直喘气,凯拉却只是笑。

"金妮,你上几年级?"凯拉问。

"四……四年级。我上完四年级了。快要……要上五……五年级了。"

"五年级可真不错,"凯拉说,"你呢?还在上学吗?"

"相当于中学里的高中吧。"

"哦,是吗?什么样的高中?"

"他停了一年,"金妮解释道,"他去……去了翠湖营。"

"她不需要知道这些。"胳肢窝说。

"翠湖营是什么?"

"无关紧要。"胳肢窝说。

"一个青少年教养所。"金妮说,小心翼翼地发出每一个音。

"你是说监狱之类的地方?"凯拉问。

"说来话长。"胳肢窝说,"四年前我跟人打架,闹到难以收拾的地步,结果被送到一个劳动改造营,待了一年。我现在得上暑期学校,好赶上学业。"

他不知道凯拉现在是否后悔把保镖关在了门外。

"我可以把你的绰号告诉她吗？"金妮问道。

"不行。"

凯拉笑了。"他的绰号是什么？"

"金妮，别告诉她。"

"金妮？"凯拉哄道。

"你最好别说。"胳肢窝警告她。

"金妮，过来。"凯拉说，"我告诉你一个秘密。"

金妮从沙发上滑下来，凯拉在她耳边悄声说了什么。然后金妮也在凯拉的耳边悄悄地说了什么。她们都看着胳肢窝。接着，她们又耳语了几句。

胳肢窝一点也不喜欢这样。金妮回到了沙发上，胳肢窝也不喜欢她跟凯拉相视而笑的样子。

"你告诉她了，是不是？"

金妮摇了摇头。

"她没告诉我。"凯拉说。她冲金妮眨眨眼。金妮也眨了眨眼。

有人敲门。

"走开！"凯拉喊道。

门还是开了，一个秃顶黑人走了进来。胳肢窝认出来是鼓手。

"哦，我不知道是你。"凯拉抱歉地说，"他们是我的朋友，金妮和西奥多。这是考顿，我们的鼓手。"

"呃，不再是了。"考顿说，"你爸爸刚刚把我解雇了。我只是顺路过来跟你道声别。"

"他不能那么干！"

"他可以，而且已经这么干了。"

"是我要唱那首歌的！"凯拉说。

"嘿，别担心，我没事。到了这把年纪，我真不该再做这样的音乐了。我需要创作一些真正的音乐。"

"他不是我爸爸，"凯拉说，"只不过因为他娶了……一到十八岁，我就解雇那头蠢驴！到时我再叫你。"

"那你这么做吧，"考顿说，"很高兴见到你们。"他跟金妮和胳肢窝说，看都没看他们一眼，就离开了更衣室。

"糟透了。"凯拉说。

"真遗憾。"金妮说。

"是，我也这么觉得。"凯拉说。她坐了一会儿，沉默不语。

"或许我们该走了。"胳肢窝对金妮说。

"你们知道我整天都干什么吗？"凯拉问。"我看电视、玩游戏。没日没夜。"

在胳肢窝听来那也没什么不好。

"我没有朋友。但终于，终于我找到能说话的人了，我喜欢的人。结果小天才艾尔就解雇了他。我发誓这才是考顿被解雇的真正原因。不是因为我们唱了那首歌，而是因为我喜欢跟他聊天。"

胳肢窝对她说的有些似懂非懂。"我们真的得走了。"他说，"金妮的妈妈会担心的。"

凯拉转向金妮。"你喜欢你妈妈吗？"她问。

"是的。"

"你真幸运。"凯拉说。"那你呢？"她问胳肢窝。

"是的，我喜欢金妮的妈妈。"胳肢窝说。

凯拉笑了。"你真逗。伙计，你们太酷了。你们能成为这么好的朋友，真了不起，而且，你知道，你们太不一样了。我是说，年龄相差那么大。"

"肤色也不一样。"金妮说。

凯拉凑上前跟金妮面对面说："好吧，**那还用说！**"

"**那还用说！**"金妮对着凯拉重复道。

又有人敲门，这次是戴维，拿来了他们的衬衫，洗过烘干，还叠得整整齐齐。

胳肢窝很难想象这个红胡子大块头会洗他们的衬衫。

凯拉给了金妮一个告别的拥抱。胳肢窝倒是不介意被她拥抱一下，但他只是耸耸肩说："那么，再见了。"

"再见。"凯拉说。

"你跟凯拉说了什么悄悄话？"

回到车里时，他问。

"这是个秘密。"金妮说。

"你不打算告诉我？"

"是的。"

"真的不打算告诉我？"

"是的。"

"我带你来看了这场演唱会，而你竟然不打算告诉我？我要气疯了。"

"你真气疯了？"金妮问道。

"没有。"

"我想你也没有。"

"你没把我的绰号告诉她，是吧？"

"我只……只是给……给了她一个暗示。"

"暗示？什么暗示？"

"我说那是身……身体的一部……部分。"

"那更糟糕！"他都能想象到她会怎样联想。"好吧，我想这也没什么要紧的。"他说，"我也不太可能会再见到她了。"

"会的。你会的。"金妮说。

"哦，我会，真的吗？"

"或许吧。"

18

"你不知道已经过了半夜了吗？"

"演唱会都会到这么晚的。"

"那你们就该早点走。"

"听到一半的时候？"

"是的！你要对金妮，还有她的母亲负责。你不知道她有多担心！她都打算报警了！"

胳肢窝知道不是那么回事。他刚从金妮母亲那里回来，她很高兴金妮过了这么美妙的一个晚上。

"这是我这辈子最棒的一天！"金妮说。

他们告诉金妮的母亲，他们和凯拉·德莱昂一起吃了冰激凌，但没提假票的事。他们只说金妮过于激动，病情稍有发作，被送到了医务室，在那儿碰到了凯拉·德莱昂。

这些事胳肢窝跟自己的父母只字未提。他觉得好像一进家门就会遭到攻击，所以什么也不说，只需报出姓名、等级和编号就行了。

星期天他不用上班，可以睡个懒觉。但刚过九点就有人开了他卧室的灯。X 光低头冲他笑时，他遮住了眼睛。

"你来这儿干什么？"头天晚上喊得太凶，他的声音有些嘶哑。

"你妈妈让我进来的。她说你在外面待到那么晚是自作自受。"

他和 X 光一起在翠湖营的时候，每天早晨不得不四点半就起床。X 光总说一旦获释他要每天都睡到中午，可是他的生物钟永远无法恢复正常了。获释两年多了，他却从没睡到过六点半。

"因此，我猜你去看演唱会了，"X 光说，"要不然怎么会在外面待到那么晚？"

最后一丝睡意从胳肢窝的脑袋里消散，头天晚上的记忆又回来了。"我要宰了你。"他对 X 光说。

"或许你们的座位不够好，但至少你们看了演出了，对吧？没有伤害，就不算犯规，对吧？"

胳肢窝坐起身，把一只脚放在地板上。"我先把裤子穿上，然后把你给宰了。"

头天晚上穿的裤子就在地板上。"一条腿了。"他边说边把腿伸进裤管里。

"等等，稍等片刻。我这儿有点东西或许能让你消消气。"X光把手伸进口袋，掏出一沓钞票，"两百九十八美元。"

"我穿好了。"胳肢窝说，然后慢慢地朝X光走去，把他逼到墙根。

"听着，我不得不做这个决定，"X光说，"你又不在，所以我只能做我认为正确的事。"

胳肢窝揪住了X光的衣领。"你认为正确的事？你以为自己干的是正确的事？"

"听着，那我该怎么办？你不停地给我打电话，主意一天三变。把票卖掉。不，别卖了，我要带塔蒂亚娜去。不，我不带塔蒂亚娜去，把票卖掉吧。不，不要卖，我要带金妮去。"

"那才是我最后跟你说的话。"胳肢窝说，每说一个词就摇一下X光，"不要……卖掉……那两张票！"

"我听到了，"X光说，"我听到了。可我已经答应跟那个家伙在H-E-B见面了。我至少得跟他见一面，对吧？我不能对他那么无礼。所以我去了那儿，在停车场等他，心里琢磨着有没有办法既让你跟金妮去听演唱会，又能把票卖掉。忽然，冷不丁在我面前闪现出一块大招牌：**满足你的一切复印需求**。我跟你说，那简直就是上帝的招牌！我是说，我去 H-E-B 都多少次了，却从没注意过那里有一家'复印王'？你知道那儿吗？"

"老天肯定是专门为你才把店放在那儿的。"胳肢窝说。

"于是我走了进去，不过只是想看看有没有**可能**——要是你明白我在说什么的话。他们有各种各样的纸，我就拿出一张票和纸张比对了一下，你知道的，想找到厚度一样的。然后我复印了几张——不过只是看看效果怎样，我发誓！我本来没打算干什么。

"后来我就出来了，那家伙出现后我跟他说票不卖了。真的。我跟他说了。可他说他很想要，愿意开价到两百五十美元一张。抱歉，我答应留给朋友了。三百？我的意思是，我还能怎么办？我是说这可是整整六百美元啊！"

胳肢窝瞪着他。

"你不在那儿。我得做个决定。听着，我觉得要是看到有人坐在你的座位上，你肯定知道该怎么办。"

"我们先到了那里。"胳肢窝说。

"不可能！我等了一会儿才来你家的。"

"所以你只是过来，把票给我，也不提醒我一下。"

"我提醒过你了。我让你见机行事。"

"哦，我是见机行事了，没错。我的两条胳膊都被扭到背后了！"

"我担心你会搞砸，"X 光说，"你不太会撒谎。你会显得又心虚又紧张，我担心你连检票口都过不去。但如果你不知内情的话，就会轻轻松松地进去。我不想让金妮失望。"

胳肢窝抓住他的脖子，把他拎起来。

他房间的门开了。见母亲走进来，他便放开 X 光，退了回去。

"有你的电话。"

"哦，多谢。"他接过电话，母亲就出去了。他希望她没有看到床上的钞票。

"你好？"

"嗨。但愿不算太早。"

"哦，不，我刚起床。"

"一点钟我们才启程去达拉斯。你想一起吃个早饭或做点别的什么吗？"

"当然，那很好。"

"太棒了！我在四季酒店，就在河边或湖边什么的。要是你需要，我可以查查地址。"

"不用，我知道在哪里。"胳肢窝说。他以前坐公交车时看到过。

"哦，还有，你来的时候不要找凯拉·德莱昂。你得找萨曼莎·史蒂文斯。"

"那是你的真名？"

"是的，我是个女巫。"她笑了，"不，我总是用假名办理入住手续。你看过那部老电视剧《家有仙妻》吗？"

"就是有妖怪的那部？"

"不是，笨蛋，是有女巫的那部！又不叫《家有妖怪》！"

胳肢窝告诉她四十五分钟后才能到。他得先冲个澡。

他挂了电话，然后走到床边抓起钞票。"两百九十八美元？"

"复印花了四美元。我想咱们得均摊。"

胳肢窝盯着 X 光。

"好吧，算了，"X 光说，又扔出两美元，"那是谁的电话？"

"凯拉·德莱昂。你能送我去四季酒店吗？我得跟她吃早餐。"

19

X 光的车倒着停在门口。他打开唯一能打开的车门，爬进了驾驶座。"说真的，咱们要上哪儿去？"胳肢窝坐在旁边时，他问道。

"四季酒店。"

"好吧，因为凯拉·德莱昂要跟你吃早饭。"

"没错。"胳肢窝说。

他没有再跟 X 光多说什么。这是对他那两张假票的回报。

一路上，X 光一直瞥着胳肢窝，想要捕捉到一丝笑容，或某种暗示，可是胳肢窝一直很平静，就好像没有什么不寻常的事发生似的。

X 光的车从凯撒查韦斯大道拐上了酒店的环形车道。门童为胳肢窝打开了车门。

"请问，"X 光对他说，"凯拉·德莱昂住在这里吗？"

"先生，我不知道。"

"不，你知道。她不在这儿。如果她在这儿你肯定会知道。"

胳肢窝感谢 X 光送他过来，然后穿过旋转门走进酒店。

酒店里面的石柱和大理石地板让胳肢窝想起他见过的古希腊神庙的图画。他不知道自己该往哪儿走。门卫看起来太吓人了，于是他问了一名服务员，对方指给他内线电话。

他拿起话筒，拨了零。

"需要我帮您接通哪里？"接线员问他。

他挂了电话。

他忘了她给他的名字。是《家有仙妻》里的一位女士，这他知道，可就是想不起她的名字。他能清楚地想起来她的模样，甚至还记得她每次抽动鼻子时他们演奏的乐曲。玛丽？明蒂？他很肯定是以 M 开头的。

一个四口之家从电梯里出来，朝他这边走过来。他们全都是金发，丈夫可能是职业网球运动员，妻子看起来像是模特，两个女孩是双胞胎，大约七八岁。

"打扰一下，"胳肢窝说，"你们看过电视剧《家有仙妻》吗？"他知道自己听起来一定疯了。

做父亲的挡在女儿身前保护她们。他可能想带着家人继续走，但母亲却停了下来。

"你说什么？"她问道。

"您记得那个女人的名字吗，您知道，就是那个女巫？"她努力地想了想。他们都在想。

"伊丽莎白·蒙哥马利。"做父亲的说。

"听起来好像不对。"胳肢窝说。

"我确定。"做父亲的说。

"那是演员的名字，"胳肢窝恍然大悟。"我要剧中人物的名字。你知道，就是那个角色的名字。"

"哦，我以为你想要演员的名字。"做父亲的说。没有得到应有的表扬，他有点失望。

"她丈夫的名字叫达伦。"妻子说。

"萨曼莎。"一个女儿说。

"没错！"她母亲说，"达伦管她叫萨姆，但她叫萨曼莎。很好，阿什利。"

"阿什利，你还记得她姓什么吗？"胳肢窝问那个女孩。

"史蒂文斯，"父亲自豪地宣布，"萨曼莎·史蒂文斯。"

"谢谢啦。"胳肢窝拿起电话，请接线员接通萨曼莎·史蒂文斯的房间。

那家人盯着他。"她住在这个酒店吗？"做父亲的问。

五分钟后，凯拉·德莱昂从电梯里走出来，跟她一起的是保镖弗雷德。凯拉穿着牛仔短裤、无袖上衣，肚脐露在外面。她的黄色脚指甲跟夹脚拖鞋很相配。

"怎么样，指关节？"她跟他打招呼。

"嗨。"他说。

"是那个吗？"她问道，"你是叫指关节吧？"

"不是，我都不明白你在说什么。"

"那么，是胳膊肘？"

"就算你猜到了，我也不会承认的。"

"那就是胳膊肘喽。"

"不是胳膊肘。"

天气这么热，弗雷德仍然在黑色 T 恤外面罩了一件棕褐色运动外套。他看起来非常时尚。要是不了解内情，胳肢窝会以为两人之中他才是更有钱更有名的那个。

"你饿了吗？"凯拉问。

"饿死了！"他说。见到她之前他就很饿了，但这会儿他只剩下紧张了。

"这里的餐厅很不错。"

她带着他走下一截楼梯。酒店依山而建，尽管他们是往下走，餐厅仍旧在地面上，有一个可以俯瞰大河的露台。

"三位？"女老板问道。

"两位，"凯拉说，"我们不想跟他坐得太近。"

在走向他们桌子的时候，他们经过了一个包间，里面坐着金发一家人。那家人都在笑，并像见到老朋友一样朝胳肢窝挥挥手。他也向他们挥了挥手。

"你认识他们？"凯拉问，大为惊讶。

"算是吧。"

他们在角落的一张桌子旁坐下。弗雷德坐得不远也不近，既打扰不到他们，一旦出现什么状况又能立即赶过来。

服务员端来了咖啡和鲜榨橙汁。凯拉点了咖啡，没要橙汁，胳肢窝正好相反。

"肌肉？"凯拉说。

"我不会告诉你的。"

她往咖啡里倒了一包糖，接着又是一包，然后第三包。

"你喜欢在咖啡里放糖。"他说。

他觉得有点尴尬。两人都有些尴尬。

他很庆幸女服务员给他们送来了菜单，他的注意力总算可以转移到别处了。看到价格时他又庆幸 X 光给他送来了三百美元。菜单上没有一样东西低于二十美元，哪怕是谷类食品。

"脚指甲？"凯拉问。

他没回答。

那个女服务员又回来了。凯拉点了一份意大利乳清干酪柠檬煎饼，胳肢窝点的是咸牛肉土豆泥和鸡蛋。

"你怎么弄到我的电话号码的？"他问她。

"戴维帮我搞来的，从保安那里。"

"戴维，"胳肢窝说，"就是穿马甲的那个人。"

"什么？"

"他穿着马甲，没穿衬衫。"

"我倒没注意。"凯拉说，"那么，那个训练营是什么样的？艰苦吗？"

"是的。"

"你在那里做什么？"

"挖洞。"

"就这些？"

"差不多。每天挖一个洞。"

凯拉点了点头，好像明白了，但他知道其实她根本没明白。

"你喜欢当歌星吗？"他问她。这个问题太蠢了，他真希望自己没问。

"还好吧。"她说。

他们沉默了片刻。金妮在时相互间的谈话会容易得多。

"你从露台上看过风景吗？"她问他。

"没有。"

"你应该看看这景色，"她说，声音似乎大得不正常，"能看到那个湖。"

"实际上是条河。"他说。

"管它呢。"凯拉说。

"有一大群蝙蝠栖息在这桥下。"他告诉她。

"蝙蝠？"凯拉说，声音还是大得不正常，"我们去看看蝙蝠。"

"现在还看不到它们。"胳肢窝说，但凯拉已经离开了座位。"它们只在晚上出来。"

"我们就从露台上看。"凯拉又高声说道。

她在和他说话，但他觉得她说的一切都是给弗雷德听的。

他跟着她穿过玻璃滑门，来到露台上。一片精心修剪过的草坪从露台逐渐向人行道倾斜过去。人行道另一侧，小山坡地势陡峭多了，直通到河里。

"景色真美。"他说。

凯拉脱掉了夹脚拖鞋。"想甩掉傻蛋吗？"

"什么？"

她走下露台，穿过草坪。

刹那间他还担心她说的傻蛋就是他，但随后他想起来她在说她的保镖。他看着她跳过水泥人行道，消失在山坡下。

他跟了上去，可是在冲下山坡最陡的地方时失去了控制。"当心！"他朝正站在河边土路上的凯拉喊道。

他正试图刹住时，她抓住了他的手臂，两人一起转了整整一圈。

凯拉的脸狠狠地撞在他的肩膀上。

"你没事吧？"

她笑了。

"真悬。"胳肢窝说。

凯拉对他微笑，手掌顺着他的手臂滑下，最后握住了他的手。

他们沿着土路向前走，一直手拉着手。"你把保镖甩了，现在你就不担心我把你杀了？"

"你？"凯拉问，"你是在开玩笑吧？你这么胆小。"

胳肢窝指了指蝙蝠栖息的大桥。

"我不喜欢蝙蝠。"凯拉说，"令人感觉毛骨悚然的。"

"那，弗雷德有没有救过你的命什么的？"他问她。

"你怎么总在提那个傻蛋！"

"我只是好奇。"

"他要做的通常是不让人太接近我。当然，这让我很难接触到男孩。我是说，哪个男孩愿意跟一个女孩以及她的保镖一起约会呢？你想吻她，就得冒着脑袋落地的危险。"

她说"吻"这个词的时候捏了他的手吗？就算捏了，捏得也不重。只是有点刺痛。

他本该说"我愿意冒这个险"，然后吻她。那样多顺理成章啊，但在他想的时候，已经太晚了。最好的时机已经过去了。

他们继续沿着河边往前走。

"我收到过各种各样奇怪的信。"凯拉说，"有七封是求婚信！有个家伙声称是身家亿万的阿拉伯王子。"

"你觉得他真是……"

"怎么了，你想跟他结婚？"凯拉问。

胳肢窝笑了。

"他们都是怪人。还有一个家伙管自己叫比利小子，你知道，就像那首歌唱的。"她轻轻地唱起来，"**哦，你去哪里了，比利小子，比利小子？哦，你去哪里了，迷人的比利？**"

听着她的歌声，牵着她的手，这一切都快让他承受不了了。

"他想跟你结婚？"胳肢窝问。

"不，他想杀我。"

"真的？"

"千真万确。到现在为止他大概写过五封信，说要扭断我可爱的小脖子。在这家酒店我还收到一封呢。"

胳肢窝情不自禁地朝后面看了看。

凯拉笑了。"真蹩脚。"她说，"他的信居然是把字母剪下来拼贴而成的。"

"你不害怕？"

"你会保护我的。"

"我？我是个胆小鬼。"

"跟我说说你吧，"凯拉说，"你最大的梦想是什么？我是说，跟阿拉伯王子结婚除外。"

"我没什么大梦想，"胳肢窝说，"我只想一小步一小步慢慢来。"

他告诉她教习所里的辅导员给他的建议，最重要的是迈着小小的步子一直朝前走下去。"生活就像过河。要是你迈的步子太大，水流就会把你扑倒，将你冲走。"

"还挺有诗意的。"凯拉说。

"这可不是我编的。"胳肢窝说。

"我的经理跟我说，我应该大步前进，"她说，"我得抓住眼前可以抓住的一切，因为过不了几年我就会被淘汰。"

"我不信。"胳肢窝说。

"我正在写这首歌，"她开始唱起来，"**布兰妮·斯皮尔斯老了，头发白了——今天她已经二十五岁了**。目前就写了这么多。"

"你自己写歌？"

"有那么几首吧。我写了《愤怒青年》和《伤心的女孩》。"

有那么一瞬间，他想问问她《伤心的女孩》中的歌词，但转念一想还是不问为好。那么做只会让他尴尬。

"之后小天才艾尔——我的经理叫自己小天才艾尔——他找人把歌词改了改，再谱上曲子。他是个控制欲很强的人。有时我觉得他就是寄比利小子的信给我的人，这样他就能把我管得更紧了。让傻蛋一天到晚地盯着我只是个借口。他还跟我母亲结了婚。"

"你的保镖？"

"不，我的经理。但我打赌他跟我母亲结婚只是为了更多地控制我，因为他还有一个女朋友。没关系。一满十八岁，我就要解雇他。"

胳肢窝只能惊讶地摇摇头。她生活的世界真是如此不同。

"你的手真有劲。"凯拉说。

"挖洞都挖出老茧了。"

"那就是你的绰号吧？手？"

"不是。"

"手指？是中指吗？"

胳肢窝放下她的手。"我告诉你是什么吧。和你做个交易。我告诉你我的绰号，但是有一个条件。"

"什么条件？"

"不管我叫什么，你都得碰一碰那里。"

凯拉朝后退了一步。"我得碰一碰你那里。"

"这就是交易。"

凯拉慢条斯理地打量着他，从双脚开始，目光向上移。"金妮说过不是什么下流的地方。"

胳肢窝耸了耸肩。

"你太卑鄙了。"

"你到底想不想知道？"

"好，告诉我吧。"

"我们说定了？"

"是的，说定了。"

胳肢窝等了好一会儿，然后轻声说："胳肢窝。"

凯拉尖叫起来，惹得一些行人回过头看着他们。

"你真坏，"凯拉说，"哦，你真坏。好吧，抬起你的胳膊肘。"

他照做了。

她的手指顺着他的 T 恤袖子慢慢地上移，但他忽然笑起来，缩了回去。

"你怕痒！"

她又试了试，但他还是没法一动不动。

"到底让不让我碰啊？闭上眼睛。"

他闭上眼睛等着。她抓住了他的肩膀。要他不动很难。

她飞快地把手指伸进他的袖子里，完成了交易。

他睁开了眼睛。

"讨厌。全是汗。"她边说边在自己的短裤上蹭手指。

他开始解释蝎子的事，但她没什么兴趣。她的手仍旧搭在他的左肩上，这会儿又把另一只手放到他的右肩上。

他轻轻地搂着她的腰，感觉到她踮起了脚。他感到血液在他的指间跳动，但说不清究竟是自己的还是她的。

他向她凑过去。

"你在干什么？"她喊道，忽然退了回去。

"这是我的工作，德莱昂小姐。"他身后的一个声音说。

20

"那你没……没吻她？"

"我不能。她的保镖在那儿，我做不到。"

"我肯定行。"金妮说。

"**你**要吻她？"胳肢窝打趣道。

金妮咯咯笑了。"我是……是说如果我是你的话。如果我是一个男……男……男孩。"

胳肢窝吃了一勺麦片。他们是在金妮家这半边房子里。麦片是金妮的。

他知道金妮是对的。一生中能有多少机会可以吻像凯拉·德莱昂这样的人呢？从弗雷德出现的那一刻起他就没想过别的。

弗雷德毁了那个时刻，但他们三个一起回酒店时，胳肢窝已经有了一个周全的计划。比如在道别时，他自然会说点"下次再来时给我打个电话"之类的话，然后吻她。

但这事最后还是没有发生。回去时，凯拉的经理就在酒店大堂，她立即为解雇鼓手的事冲他大吼，他却说鼓手一抓一大把。凯拉差点就哭了。她告诉胳肢窝她"为此很抱歉"，然后怒气冲冲地进了电梯。

"她让我跟你问声好。"

"真的？"

"嗯。她觉得你真的很酷。"

金妮笑了。眼镜从她的鼻梁上滑了下来，她把它推了回去。

"那些吃……吃的怎样？"

"什么吃的？"

"在餐厅里。"

胳肢窝笑起来，因为他也想过那事。凯拉进了电梯后，他返回餐厅去查看。

"他们把吃的都扔了。"

"太糟糕了。"金妮说。

"是啊，我还想尝尝那些二十九美元一份的鸡蛋呢。"

"要你付钱吗？"

"不用，所有费用都记在她的住宿费里，但好像也不用她自己掏钱。所有费用都会算在巡演里。那完全是另外一个世界。一顿早饭吃掉一百美元，对他们来说根本不算什么。"

"难怪票……票那么贵。"金妮说。

"你说对了。"

一辆车在他们房子前停了下来，一个年轻的白人女子走了出来。他们透过屋前的窗子看到她上了门廊。

"你认识她？"胳肢窝问。

"不认识。"

肤色通常是判断来访者是来拜访房子哪一半的可靠指标，可这位女士却是个例外。她看了看她小小的笔记本，然后敲响了胳肢窝家的门。

"没准是凯拉派她来的。"金妮说。

胳肢窝也希望是这样。他走到门口。"有事吗？"

那女人转过身。"我想找西奥多·约翰逊。"

"我就是西奥多。"

那女人看了看门上的地址。

"没错。我就住那边，"胳肢窝解释道，"只不过这会儿我在这边。"

"哦，那么我想你就是金妮·麦克唐纳喽。"

"是的。"金妮说，站在胳肢窝身旁。

那女人从包里掏出一个黑色皮夹。"我是奥斯汀警察局的警探黛比·纽伯格。"她打开皮夹，把警徽亮给他们，"我想跟你们谈谈演唱会门票的事。"

胳肢窝竭力保持镇定。"你想跟我们俩谈，还是只跟我一个人谈？"他问。

"他买票的时候你跟他在一起吗？"她问金妮。

"不在。"

"那就只跟你谈，如果你不介意的话。"

胳肢窝出了这扇门，又进了另一扇。他带着黛比·纽伯格进了客厅，问她要不要喝点什么，但她谢绝了。他在红蓝格子图案的沙发一头坐下，她坐在对面的垫脚凳上，双膝并拢，笔记本放在膝盖上。

她看起来又年轻又漂亮，根本不像一个警察。她有一双明亮的褐色眼睛，黑色鬈发跟凯拉的很像，双颊泛着红光，好像害羞似的。

"那么这两张票让你花了六百美元，我可以这样理解吗？"

他很讨厌一开始就说谎，但这是最容易奏效的方式。

"是的，女士。"

"总共六百，还是每张票六百？"

"总共。"他说，"一张三百。"

"那可是一大笔钱。"

他忽然清楚地意识到那些破旧的家具。家里的一切似乎都那么粗劣而廉价。

"呃，我没打算花那么多钱，"他说，"本来应该只是一百三十五一张，可是那家伙不断改变主意。先是说要卖票，后来又不卖了。然后又说要卖。对于凯拉·德莱昂的演唱会来说三百美元真不算多。在费城都卖到了七百五十美元呢。"

"哇。"纽伯格探员说。

他努力想放松。他提醒自己不是嫌疑人，是受害者。她来这儿是为了帮他。

"你说**本来应该**是一百三十五美元，是什么意思？"

"报纸上有条广告。"

话一出口，他就意识到自己犯了个错。她可以轻而易举地查到上周的报纸，找到那条广告，还有 X 光的电话号码。

"什么报纸？"她问道。

"其实也不是报纸。就是那些免费小广告，你知道的，他们贴到你家门上的那种。"

"你还留着它吗？"

"没有，被回收了。"

"你记得是哪一天放在你家门上的吗？"

"不记得了。可能是两周前。我不记得了。"

"广告上写的是一百三十五美元？"

"不是，我想没那么贵。"

"你刚才说……"

"是九十五，"胳肢窝斩钉截铁地说，"但那是两周前。我给那人打电话时，他说票价涨到了一百三十五，因此我告诉他得考虑一下。演唱会那天我再给他打电话，他又说不卖了。但后来他给我打过来说又卖了，然而票价涨到了两百。可是等我打算买的时候，他又说不卖了。"

"然后你就主动把价格提到了三百？"

胳肢窝点点头。"我都绝望了。当时已经五点半了，演唱会八点开始。我已经答应金妮了。"

"他告诉你他的名字了吗？"

胳肢窝摇了摇头。

"广告上也没有？"

"是的，"胳肢窝说，"看，为什么——我是说，有什么大不了的呢？金妮和我最后还坐到了舞台上。你也明白的——没有伤害，就不算犯规？"

"哦，咱们的市长似乎觉得这是很大的伤害。她看见了金妮身上发生的事，还有你，她想找到那家伙。"

"他会怎么样？"胳肢窝问，努力装得不过有点好奇而已，"他会蹲监狱吗？"

"哦，我觉得不太可能。我们谈的只不过是六百美元的事。"

他竭力掩饰着自己如释重负的心情。

"除非他有前科。"纽伯格探员说。

胳肢窝直了直腰。

"那么你跟他第一次联系是通过电话？"

胳肢窝花了一会儿工夫琢磨这个问题。"唔，是的。"

"我想你不记得他的号码了吧？"

"不记得了。"

她笑了，面颊变成了粉红色。"我想也是。那你是在哪里跟他见面的？"

"在 H-E-B。停车场。"

"你们怎样认出彼此的？"

"我没认出他。我从没见过他。"

纽伯格探员扬了扬眉毛。"我问的是，在停车场里你们是如何找到对方的？你怎么知道他就是卖票的那个人？"

"哦。"胳肢窝注意到门背后挂着的雨溪公司的帽子。"我说我会戴一顶红帽子。"

他起身去拿帽子。站起来走几步感觉不错。

胳肢窝把帽子给探员看，但她似乎一点也不感兴趣。他把帽子戴在头上。"后来他把车开到了我身旁，我们还了还价，就像我说过的，然后我把钱给他了，他把票给了我。"他又在沙发扶手上坐下，摘掉帽子，放在旁边的垫子上。

"他开的什么车？"

"一辆白色萨博班。"

"你站在哪里？"

"路沿上。"

"H-E-B 前面？"

"不是，再过去几家商店。我想是在复印王前面。"

干吗要提这个？有时候话就不由自主地脱口而出了。

"车上只有他一个人？"

"是啊。"

"那就是说，他逆行了。"

"是吗？"

"如果驾驶座在路沿那一侧的话。"

"哦，是的，我想也是。"胳肢窝说。他意识到必须更小心点。"我没注意到，当时周围没有别的车。"

"在五点三十分？"纽伯格探员问，"嘿，我真应该改去那里买东西了！"她笑道，"我去的那家 H-E-B 每天那个时候都很拥挤。"

胳肢窝耸了耸肩。

"他长什么样？"

"我没仔细看。"

"他把车窗摇下来时你们是面对面的，对吧？"

"我只惦记着门票的事，没注意他长什么样。"

"他是白人，黑人，还是西班牙人？"

"算是黑人吧。"

"算是黑人？"

"我想他或许是伊朗人。"

伊朗人？这究竟是从哪儿冒出来的啊？

"你觉得他是伊朗人？"

"大概一半是黑人，一般是伊朗人。"胳肢窝说，"现在我想起来了。他说他叫哈比卜。所以我才会以为他是半个伊朗人。"

纽伯格探员扬了扬眉。"哈比卜？"她在她那黑色小笔记本上写下了这个名字。

"他说话带着口音吗？"

"哦，是的，有点。"

"伊朗口音？"

"是的。"

"他个子高吗？矮，瘦，还是胖？"

"块头有点大。"胳肢窝说，"但也很难说，毕竟他一直坐在车里。"

"多大年纪？"

"大概跟你差不多大。"

"你觉得我多大？"

他端详着她的脸。"二十三？"

"我二十八了。"她笑了，"那么就算他二十多岁吧。有什么明显的特征吗？"

"没有。"

"文身？胡子？"

"哦，是的。他留着八字胡。"

"想起这一点太好了。"

"我觉得这并不重要。我是说，说不定现在他已经刮掉了，你不觉得吗？"

她耸了耸肩。"还想到什么吗？"

他摇了摇头。

"确定？"

"想到的都说了。"

"好吧，这是一个好的开始。我还要找演唱会上坐在那一带的其他人谈谈。没准他们也是从哈比卜手里买的票。"

她给了他一张名片，上面有她的姓名和联系电话，还告诉他一旦再想起点什么就给她打电话。

他握了握她的手，感觉又凉又软。

看着她开车离去，他觉得对她撒谎很糟。她人那么好，笑起来那么甜。很难想象她会抛头露面，跟罪犯搏斗。他真担心她会受伤。

21

X 光在他的车跟前来来回回地踱步，车就停在胳肢窝家门前。"咱们没什么好担心的。"他说，"没什么好担心的。比起为几张假票兴师动众地调查，警察有更重要的事要操心。"

胳肢窝已把一切都告诉了他，包括见到凯拉的事。

"老兄，要是你先跟我说说就好了。"X 光说，"我本来可以编出点可信的说辞。"

"我觉得她相信我。"胳肢窝说。

"哈比卜？"X光摇了摇头,"就根本不应该提到 H-E-B。"

"是啊,我当时没想到。"

"哎,那太明显了。听着,要是她再来盘问你的话,只要记住一个词:'懒人原则',尽量简单直接。"

"我觉得她相信我。"

"你知道咱们是一根绳上的蚂蚱。咱们分了钱,对半分。"

是的,他意识到了这一点。

"别担心。"X光说,"警察有更重要的事情要操心。嘿,我可真够幸运的,市长居然去了演唱会!什么样的市长会去听摇滚演唱会啊?"

"你该庆幸她当时在场。"胳肢窝说。

"哦,是吗?为什么这么说?"

"要是市长没在那儿,我就被送进监狱了,金妮会被送进医院洗胃,而你就死定了。"

X光笑了。

"你可真能开玩笑。"

星期一在学校,塔蒂亚娜想知道关于演唱会的所有的事。"你还是去了,是吧?"

"哦,过得很开心。真可惜你没去。"

"你能找到人跟你一起去？"

"是的，这不成问题。"

"一个女孩？"

他点了点头。

"呃，很好。真高兴你玩得那么开心。"

"她就穿着那种缀着长长的白色流苏的……"

"知道吗？"塔蒂亚娜说，"我根本不关心你女朋友穿什么。"

"我女朋友？不，你不是让我告诉你凯拉·德莱昂穿什么嘛。"

"我现在没空听这些。"塔蒂亚娜说完就走了。

经济学课上，他还给马特·凯伯克一美元。

马特似乎吃了一惊。"哦，多谢，胳肢……"他那白皙的脸更白了，"我是说，我是说，我是说，西奥多。谢谢，西奥多。"

"你真是帮了我的大忙。"胳肢窝说，"我欠你一份人情。"

纪念 T 恤的后背上印着巡演会去的五十四座城市。在随后的一个半星期里，金妮和胳肢窝每天都要看看它们，估计着凯拉在哪儿。

"没准她会从阿尔布开克打来电话。"金妮边说边仔细地看 T 恤。"阿尔——布——开——克。"她又重复道。她喜欢念那个词。

胳肢窝笑了。"她不会打电话的。"他说，好像他从没动过这个念头似的。实际上，自打上次跟她见面后，他一直想着的全是这个，每次电话铃一响，他的身体就发出红色警报。他讨厌离开家去上学或上班，因为担心会错过她的电话。但一个半星期过去了，好像不太有这种可能了。

"就像她在歌里唱的那样，"他对金妮说，"她会来到你身边，然后继续上路。"

他只希望当时跟她在一起的时间再长点就好了。

那天上午经济课的小测验他没通过。他没有复习最后两章。他没法集中精力。

前一天上班时，他在一户人家的前院安装洒水装置，杰克·邓利维信任他，把这项工作全权交给他去做。

他确保洒水喷头分布均匀，以便水能覆盖整个草坪。他仔仔细细地检查了每个接口。

但问题是，整个装置自成一体，管道形成了一个巨大的长方形，没有进水口。

最后他只能加班返工，重新挖了一条沟，切断闭合管道，再连上供水管道。"你不用付我加班费，"他告诉老板，

"是我自己搞砸了。"

"不幸的是，我得给你，"杰克·邓利维说，"法律是这么规定的。"

他该怎么解释这都是因为收音机里播了一首凯拉·德莱昂的歌？

至少他没再听到纽伯格探员的消息了。大概 X 光说得对，比起查明谁把假票卖给了住在三十五号州际公路那一面的非洲裔美国少年，奥斯汀警察局还有更重要的事情要操心。

他不知道她有没有查过他的档案，发现了他的前科。他不想给她那么糟糕的印象。

市长打过一次电话，问他怎么样。接电话的是他的母亲，当意识到自己正在跟谁通话时，她很吃惊。

胳肢窝很失望不是凯拉。

"市长为什么会给你打电话？"他母亲问他。

"记得吗？我跟你说过我见过她。我在她家干过活儿。"

长久以来第一次，母亲看着他，发现眼前这家伙或许没那么差劲。

现在是星期四晚上，自从上次见了凯拉已经过去十一天了，胳肢窝想看完经济学课本里的一章。八天后就要期末考试了。

他本想问马特·凯伯克是否想和他一起学习，他们每天上课都会打招呼，但他不愿意离开家，生怕凯拉会打来电话。而且他又不好意思请马特过来，谁知道呢，他父母说不定会指控马特是毒品贩子。

演讲课期末考试从周五算起还有一周，但他不太担心这门功课。再也不用做演讲了，书上那些东西都平淡无奇，比如在面试时你应该直视未来上司的眼睛之类。

他重读了经济课课本里的一个段落，研究了旁边的图表。刚觉得有点摸着门路的时候，电话响了，打乱了他的思绪。

他紧张地等了一会儿，然后又把精力集中到图表上。

"西奥多，电话！"他母亲喊道。

他尽量保持镇定。很有可能只是 X 光。他深吸一口气，走进了厨房。

他母亲边用口型说"一个女孩"，边把电话递给他。

"哦，嗨。"他说，努力让声音听上去显得随意。

"嗨，怎么样啊？"

他听出纽伯格探员那略带点鼻音的声音。他边跟她说边走回自己的卧室。

"哦，嗯，还好吧。"

"你肯定以为我把你忘了吧。"

"哦，没，没有。"

"那家伙的名字是哈比卜，对此你有多大把握？"

"不太有把握。"

"会是费利克斯吗？"

"费利克斯？不，我觉得不是。"

"摩西呢？"

"不。我非常肯定他说是哈比卜。"

"没准他有个绰号。有可能吗？"

"应该吧。"

"他有没有叫过自己 X 光？"

他吸了一口气，然后说自己从来没听说过这个名字。

"胳肢窝呢？"

他差点把电话掉了。

"你好？还在听吗？"

"是的。是的，还在。"

"胳肢窝听起来耳熟？"

"不是，我想我记得有个类似的名字。"

黛比·纽伯格笑了。"我猜也是。"

胳肢窝看了看摊在书桌上的经济学课本，他知道今晚自己不用想着学习了。

22

第二天来了一封信，放学回到家后胳肢窝查了邮件。收信人是西奥多·A. 约翰逊，回信地址是圣地亚哥科罗纳多酒店。他的中间名是托马斯①。

信是用紫色的笔写在酒店便笺纸上的，字迹非常工整。

亲爱的 T（或者我应该说亲爱的 A）：

但愿你不会介意收到这封又长又傻的信。我知道它会又长又傻，因为我写给你的每一封信都是这样的。它们只会变得越来越长，越来越傻！当然，其实我还从没把信寄出去，所以我猜你介不介意都无所谓。

我总是说各种傻话，我多么想你，真希望你在这里，都是这样无聊的废话。有一次我甚至用了"爱"这个字！多蠢啊！没人会吃了碗冰激凌，散了十分钟步后坠入爱河！现在你知道我为什么没寄出这些信了吧。我或许有点迟钝，但我不傻！！！

---

①托马斯的英文为 Thomas，但信上写的中间名缩写"A"指 Armpit，即胳肢窝。

只是因为我只有你和金妮两个真正的朋友。可悲吧？我不是说你和金妮，可悲的人是我！

给你写信的感觉真好，哪怕我知道你根本不会看到。肯定比跟我的心理医生谈话要好得多。我在脑海中能看到你的脸。你的眼睛。你的笑容让我感到安全。

傻蛋博士出现把我气疯了。那是我给他新起的名字。他是个傻瓜学博士。

我想那时你会吻我的。我知道我想让你吻我。现在依然想。哦，太想了！

天哪，这封信比昨天那封还糟糕！你知道吗，我差点就寄给你了。我贴了邮票，准备好了一切。电梯旁就有个邮箱。我把信举到邮箱口上。我松开一根手指，接着又松开一根。我就像站在悬崖边，犹豫着跳下去会怎样。

你觉得我疯了吗？当然没有，因为你不会看到这封信。

我唱情歌的时候，在脑海里想着一个什么人会很有帮助。以前我只是凭空想象梦中的男孩，为他而唱。他跟你一点也不像。他要帅得多。开玩笑啦。无论怎样，现在唱那些歌时我想的就是你。

你可别吓坏了。我不是说我爱你。只是对我唱歌有帮助。

不知道如果你真的读到这些会有什么想法。

好吧，凯拉，真有点吓人。你不会把信寄出去的。你不会的！你不会的！绝对不会！！！

好吧，我现在要写点极其丢脸的话。这样我就能确保自己不会寄出去。

好吧，来吧。

我喜欢摸你的胳肢窝。那让我心里起了鸡皮疙瘩。啊啊啊！

哦，我太想你了！！！

亲亲你，抱抱你

凯拉

23

"哇。"胳肢窝说，然后又把信读了一遍。他想象着她把信举到邮箱口——闭着眼睛，一松手。没准还尖叫了一声。

他真希望自己知道怎么跟她联系。他看了看T恤背面。此刻她很有可能在洛杉矶，可他不知道她住在哪家酒店，或者用了哪个电视剧角色的名字。

她信中没写电话号码真是太糟了，但她干吗写呢？她从没打算把这封信寄出来。

电话响了。

第二声没响之前他一把抓起听筒。"你好？"

"西奥多，真好，很高兴你在家。"

是纽伯格探员。

"我们在车站抓到一名嫌疑人。我希望审讯他时你能过来一趟。"

他不知道该说什么。"我得去上班。我刚放学回家。"

"什么时候去上班？"

"一点钟。我都还不知道要去哪儿干活。"

"我可以安排一名警员把你送到你要去的地方。"

"我得先吃午饭。"

"你喜欢哪种比萨？"

"**比萨**？呃，意大利辣香肠。"

"我派一名巡警去接你。"

他挂断了纽伯格探员的电话，给雨溪公司打了电话。他要了地址，留了个口信说他可能晚点过去，而且也不用赫尔南德兹来接他了。

不到十分钟，一辆巡逻警车就开进了车道。

"我能坐前面的座位吗？"胳肢窝问，"我可不想让左邻右舍以为我又被捕了。"

话一出口他就后悔了，但那名警员只是说："当然，上来吧。"或许警员没有听清他的话，不然就是他们已经知道他的犯罪记录了。

警察局设在一幢三层小楼里，外墙涂了灰泥。胳肢窝认出了这个地方。当年在电影院打架后他被带到的正是这里。

一块警示牌上写着所有来客都要接受检查，但他只是通过了一个金属探测器，然后跟着那名警员上了二楼。

纽伯格探员从一个房间走出来，看到胳肢窝，冲他招了招手。"过来看一眼。"说完她把手指放在唇边，示意他不要出声。

他跟着她走进那个房间，里面一团漆黑，还弥漫着一股比萨味儿。桌上盒子里的比萨已经被吃掉了一块。

"不错的比萨。"黛比·纽伯格说，她的面颊变红了。

透过一扇窗户可以看到另一个房间。那房间跟这间几乎一模一样，只不过亮着灯。X光正坐在桌旁，手指紧张地敲着。通过墙上的扬声器，胳肢窝可以听到敲击声。

"是哈比卜吗？"纽伯格探员轻声问。

他差点笑出来，但接着只是摇了摇头。

"你确定？"

"绝对不是他。"

"我询问他时希望你听着，然后告诉我他说的一切有没有使你想起点什么。"

她从自己包里掏出一沓纸和一支钢笔给他，以备他想记点什么。

她把他单独留在了房间里，不一会儿就坐在了 X 光对面。胳肢窝听到她提醒 X 光说，现在他并没有被捕，仍然拥有保持沉默的权利，在审问时有权要求律师在场。

胳肢窝从不知道 X 光会保持沉默。

"我为什么需要一个律师？" X 光问，"我很配合，对吧？把这个记下来，我正在配合警方工作。"

纽伯格探员闪过一丝少女般的微笑，然后在她的黄色便笺本上记了些东西。

可别被她的笑容给骗了，胳肢窝想，竭力想通过心灵感应把这信息隔墙发过去。

"你明白你没有被逮捕，只要你愿意，随时可以离开。"

X 光点了点头。

"请大声回答。"

"确定。" X 光说。

"你也知道这次询问会被记录下来。"

"确定。"X光又说道。

"你还明白即便尚未被捕，你仍是此案的嫌疑人。今天你说的任何话或许日后会成为呈堂证供。"

"确定。"X光说。他喜欢说这个词。

"而且你有权拒绝回答任何问题，你很清楚并自愿放弃了这项权利。"

"我都说过了，我想合作。我没有什么可隐瞒的，对吧？"

"你愿意说出你的名字以供记录吗？"

"雷克斯·阿尔文·沃什伯恩。"

"年龄？"

"十七。"

"除了雷克斯，你还使用过别的名字吗？"

"没有。"

"或许用过X光？"她又笑了。

"X光？"X光重复道。

"趁着你还没有说傻话，我想你应该知道我跟一些人谈过了，他们的票都是从一个自称X光的人手里买来的。他的电话号码跟你的一模一样。而且我们看到了你的车牌。"

"对，我正要告诉你这件事情。你得给我一个机会。你不能只是一个劲儿地问问题，却不容我解释。"

"真抱歉。"

"你瞧，你问我是否有其他名字时，我真没把 X 光算作是另一个名字。那只是语言游戏，把雷克斯颠倒过来而已[①]。明白吗？就像你叫黛比，对吧？倒过来就成了比黛。是同一个名字，只是说法不同。"

"我明白，"纽伯格探员打消 X 光的疑虑，"只是为了弄清楚，这些人告诉我他们从 X 光手里买的票，他们的确是从你这里买的？"

"没错。这正是我的意思。"

"你卖出了多少张票？"

X 光有些迟疑。胳肢窝知道他在想什么。他正琢磨着她知道什么，是否值得扯扯谎。

"十二张。"

"你确定不是十四张？"

"确定，就是十二张。"

"你卖了多少钱？"

"我收了一小点劳务费。这不算违法。这叫自由贸易，受到宪法保护的。"

"多少？"

---

①雷克斯英文为 Rex，倒过来读音为 X-Ray，也就是 X 光。

"我又没有扭别人的胳膊。是他们自己找上门的。他们想要票，我就定了个公平的价格。要是他们觉得不公平，也不一定要买。"

"我只想知道多少钱。"

"一百三十五美元。"

"卖过更高的价格吗？"

"卖过，有两张我卖了三百。"

"每张三百，还是总共三百？"

"每张。但我也花钱了，你明白的。这不全是利润。我得付报纸上的广告费。汽油也不便宜。此外，我还排了近六个小时的队。时间就是金钱，对吧？"

"你有同伙吗？"

"没有。我单干。"

"听说过一个叫哈比卜的人吗？"

"哈比卜？没有。"

"胳肢窝呢？"

X 光毫不退缩。"胳肢窝？真有人叫这种名字？"

"显然是。就是说，你不认识他？"

X 光摇了摇头。

"请大声回答。"

X 光轻笑一声。"没有，我从没听说过有人名叫胳肢窝。"

"最初你是怎么搞到票的？"

"你说什么？"

"你卖掉的票。你是从哪里搞到的？你提到过排了六个小时的队。"

"对。我是在他们开始售票那天搞到的。"

"在孤星演艺中心？"

"对。头天晚上我就去了，排队就排了近十二个小时。"

"买票花了多少钱？"

"七百二十美元。可真是欺诈。他们本应该卖五十五一张，可是每张票还要另收五美元的手续费。"

"似乎不太公平，"纽伯格探员附和道，"但有些事我不太明白。我听说每位顾客最多只准买六张票。你怎么能买到十二张呢？"

"反正我就是办到了。"

"我听说他们对这项规定执行得很严格。"

"你说得没错。好吧。事情是这样的。"

尽量简单、直接，笨蛋，胳肢窝心想。

"如你所说，你只能买六张票。一次买六张。没有规定阻止有人买到六张票后重新排队再买六张。"

"但队伍很长，不是吗？"

"是啊，的确如此。但你总是能找到人付他个五十美元插队。瞧，那是一笔支出。我要说的正是这个。大家以为票贩子只是大把大把地捞钱，但花费也是一笔笔增加的。"

"我可不这么想。"纽伯格探员说，"想听听我的想法吗？"

"说吧。"

"谢谢。我在想，十二张票全是同一排的，相互紧挨着。我想知道你如何买了六张票，然后重新排队又买了六张，而它们恰好全都紧挨着。"

"我能解释清楚。"

"我建议你不要解释了。"纽伯格探员说。

"可是你刚才说……"

"我不想听你的解释。"纽伯格探员说。

"瞧，我从没说过我又去排队了。我说的是你可以花钱插队，但我不是说我……"

"闭嘴！听着！"

X光不说话了。

"向警方提供假信息是犯罪。对像你这样有前科、还在察看期间的人，可能又要去大牢待上好一阵了。"

"你知道那件事？"X光问道。

"你不是在跟小毛孩打交道。让我告诉你我还知道什么吧。我知道你跟一个叫胳肢窝的人去了一家名叫大烟囱闪电的餐馆。所以你说你不认识他时，我就知道你在撒谎。

还想跟我扯点什么谎？"

X光没有作答。

"你看到那面镜子了吗？X光，你是个聪明人。你觉得那是一面普通的镜子吗？你以为那面镜子安在这里是为了供我补妆吗？"

"不。"X光轻声回答。

"对，那是双向镜。后面有一位犯罪心理学专家，他正盯着你，听着你说的每一句话。只通过你的肢体语言和音调变化，他就能知道你有没有撒谎。"

X光冲着"犯罪心理学专家"挥挥手。

胳肢窝也冲他挥挥手。

"所以，我希望你好好想想你跟我说的一切，看看有没有想要更正的地方。"

"看，要是你让我解释……"

"开口前先想想。"纽伯格探员说，"这次你最好告诉我实情，否则检察官会拿到这份记录。"

"我正想把实情告诉你，如果你愿意听的话。你说得没错，票不全是我自己买的，但用的都是我的钱！听着，比如你在商店，你只不过想买一块糖，但排的队很长。这时，你看到有认识的人正排在队伍前面，于是你把钞票给了她，她帮你买了糖。后来有人问你在哪里买的，你会说是在商店。这不算撒谎，是吧？"

"谁帮你买的票？"

"胳肢窝。"

"你知道他的真名吗？"

"我想是哈比卜。"

"你想？"

"我不认识那家伙！我发誓。费利克斯管他叫胳肢窝。那天排队前我从没见过他。瞧，我去买我的票，他们告诉我只能买六张，就像你说的那样。这时费利克斯和胳肢窝出现了，胳肢窝主动提出帮我再买六张票。嘿，那是我这辈子犯过的最大的错误。"

"什么意思？"

"你知道，我以为他帮了我，我只要付给他五十来美元。但其实并非如此。他非要跟我合伙不可。让我再告诉你点别的吧。胳肢窝可不是你能拒绝的人。我是说他块头那么大，那么卑鄙，那么粗暴。那就是我为什么撒谎说不认识他。要是我必须指认胳肢窝的话，你最好把我弄进证人保护计划的名单里。"

"你跟他是怎么说定的？"

"我们平分所有利润，五五分成。每次交易他都跟我在一起。"

"你知道他姓什么吗？"

"不知道。"

"他住在哪里？"

"我不清楚。"

"你知道他的电话号码吗？"

"不知道。"

"雷克斯，这一套我听够了。"

"我发誓。我没有撒谎！"

"那么你怎么跟他联系？"

"我打电话给费利克斯。然后费利克斯会给胳肢窝打电话，我们在 H-E-B 碰头。"

"票由谁拿着？"

"他拿六张，我拿六张。说实话，我以为他会敲我竹杠，但他没有。"

纽伯格探员把公文包放在了桌上，解开搭扣。

"听着，很抱歉之前没对你说实话。" X 光说，"胳肢窝把我吓坏了。但现在我告诉了你实情，这样就没事了，对吧？" X 光笑了笑，"没有伤害，就不算犯规，不是吗？"

纽伯格探员忽然转过身，似乎直勾勾地盯着胳肢窝，但他知道她看不见他。

她把目光移开，从公文包里取出两张照片。"这是费利克斯吗？"

"是的，就是他。"

她又给 X 光看了一张摩西的照片。"这是胳肢窝吗？"

X 光不慌不忙地端详了一会儿。"不是，胳肢窝肤色很深。而且他不戴牛仔帽。他裹着一样那种东西，叫什么来着？头巾？我觉得他或许有伊朗人的血统。"

"他留着胡子吗？"

X 光想了一会儿。

胳肢窝不记得自己是否告诉过 X 光哈比卜留着胡子。

"或许吧。很难说，那家伙毛太多了。他是那种一天得刮三次胡子的人，你知道我的意思吧。"

"他多大了？"

"可能二十五吧。很难说，因为裹着头巾。"

纽伯格探员叹了口气。"谢谢你的配合。"她说，递给 X 光一张名片，告诉他如果再有胳肢窝的消息就给她打电话。

"我可以走了吗？"

她点了点头。

一名穿着制服的警员走进来，陪同 X 光出了房间。

胳肢窝看到纽伯格探员把照片放回到公文包里。她摇了摇头，然后出了房间。

不一会儿，他房间的门开了。

"那么，我的犯罪心理专家怎么想？"她笑了，脸颊上泛起了淡淡的红晕。

"我觉得他说的是实话。"

"你在开玩笑，对吧？"

"我是说，一开始并不是，但从你吓了他一番后，我想他说的就是实话了。"

纽伯格探员摇了摇头。"现在我明白胳肢窝为什么能把假票卖给你了。你太容易上当了。"

胳肢窝耸了耸肩。

她笑了。"这是因为你很诚实。哦，你没有吃你的比萨。"

他已经没胃口了。

"呃，就算 X 光不告诉我们如何找到哈比卜，找到名叫胳肢窝的人应该也不算什么难事。我们在一英里之外就能闻到他的气味。"

她开了这么个玩笑，自己也笑了。

"我不觉得他难闻。"胳肢窝说，"我是说，那可能跟他的名字没什么关系。或许是一只黄蜂叮了他的胳肢窝什么的。"

他就非得把自己绕进去。

24

在炎炎烈日下挖沟、出汗，感觉从没如此好过。除了泥土和灌木，他什么都不用想。

纽伯格探员最后开车送他去上班，因为她开的是一辆普通的车，他也就不必解释为什么会出现在黑白警车里了，这也很好。一路上他竭尽全力支持X光说的话，一口咬定哈比卜戴着一块头巾。

晚些时候X光打电话给他，告诉他自己跟黛比·纽伯格聊得很好，现在没事了，但以防万一，他们俩最好暂时不要联系。

胳肢窝不忍心让他知道自己耳闻目睹了一切。相反，他告诉了X光凯拉来信的事情。

"你这家伙！要是最后你跟那小妞结了婚，你至少欠我五十万美元。"

他刚挂断X光的电话，电话铃声又响了。

"好吧，我只想提醒你会收到一封傻得要命的信，所以别读它。信封都不用拆。划根火柴烧掉就行。"

他说他已经读了，凯拉尖叫一声，响得令他不得不把听筒拿远点。

之后她抱怨美国邮政不靠谱。"我还以为他们会很**慢**呢！你肯定觉得我傻透了。"

"我喜欢这封信。"

"真的？"

"我很喜欢。它让我心里乐开了花。虽然很傻，但傻得可爱。"

"什么？"

"没什么。我只是想开个玩笑。"

"要是知道你有个摇滚乐明星女朋友，你的朋友们会怎么想？"

他不知道她成了自己的女朋友，但他很开心她这么认为。

"我还没告诉任何人呢。"

"你是那么……我不知道。其他人肯定早就满世界吹嘘了。你是那么真诚，那么实在。每次跟你聊天，我都觉得自己很假。"

"我不觉得你假。"

凯拉勉强笑了笑。"那是因为你不了解我。我假得连自己都不知道自己诚不诚实。就像你知道的，我让你把信烧掉，其实我在说谎。我希望你已经看过了。我只是不想让你知道我想让你那样做。"

"我想也是这样。"

"你那样想？"

"嗯，我是说，要是你真的希望我把信烧掉，就不会等上几天再给我打电话了。"

"你真聪明。一眼就把我看穿了。"

这大概是有生以来头一次有人说他聪明。

"好吧，"凯拉说，"现在你得告诉我你丢脸的事情啦。"

"为什么？"

"因为我给你写了一封丢脸的信。"

"我没让你写。"

"你一定得说，"凯拉说，"这样咱们才能扯平。否则我再也不会看你一眼。"

"好吧。"胳肢窝答应了。他想了一会儿。"好吧，你知道《伤心的女孩》那首歌吧？"

"哦，是啊，我想我听过。"凯拉挖苦道。

"好吧，呃，我清楚你知道这首歌。在'这些什么、这些什么、这条裙子。你永远也猜不到……'后的歌词是什么？——接下来唱的是什么？"

"怎么了？"

"因为我每次听到这首歌时，听起来似乎你在唱什么，但我知道那是不可能的。"

"听起来像在唱什么？"

"好吧，这真的太丢脸了，但这是你要问的。每次我听到这首歌，听起来像是你在唱'胳肢窝，救救我，胳肢窝，有个伤心的女孩'。"

凯拉笑了。"'救救我，胳肢窝'！"她大声说，"我干吗要唱'救救我，胳肢窝'？毫无意义。"

"我知道！"

"我甚至不知道那是你的名字！录这首歌的时候我都不认识你。"

"我知道！我知道你唱的不是这个。我已经跟你说过了。"

"天哪，你比我还糟糕。我只不过给你写了一封傻乎乎的信，而你都得妄想症了！"

"那么，你能告诉我真正的歌词是什么吗？"

"我不知道世上还有会叫胳肢窝的人！"

"你打算拿我寻开心，还是告诉我歌词？"

凯拉背起了歌词："这些鞋子、这些珠宝、这条裙子，一幅成功的完美画图。你永远也猜不到……"她停顿了一下，然后慢慢清楚地念了出来，"**我只是**①个伤心的女孩。

---

①此处英文原文为"I'm but……"，和胳肢窝的英文原文"Armpit"发音有点相似。

救救我，我只是个伤心的女孩。"

"哦，这样就说得通了。"胳肢窝说。

"你太好玩了，"凯拉说，"只是听听你的声音，你都不知道我有多想你。"

"我也一样。"

"真的？"

"是啊，我真的想你。我竭力不让自己太想你，我从没想过会收到你的信，可是一收到你的信，现在又听到你……就像你的声音刺进了我的心坎里。"

"哇，你真好。你知道我们应该做什么吗？这个周末我们会在旧金山待上三天。我在那里有演出，一场在马林，一场在伯克利。你应该来看看我！"

"是的，好的。我一会儿就坐上我的私人飞机。"

"我们一直用飞机送人。一个吉他手生了病什么的。"

"你是认真的？"

"我是认真的。我们会安排好一切的。一辆豪华轿车会去你家接你，然后把你送到机场。"

"你当真？"

"在旧金山待三天。就你和我。你觉得怎么样？"

对他来说这太不可思议了。她或许还会问问他想不想飞去月球。可能正因为如此，他才做出了这样的回答。

"当然。干吗不去？"

25

"你得告……告诉你父……父母。"金妮说。

"为什么？"

"因为，他们是你的父母。"

他们一如既往地散着步。

"金妮，想想看。"胳肢窝说，"你真的以为我会去旧金山？看看周围。你真的以为会有一辆豪华轿车开到这条街上，开进我们的车道？"

"是的。"

胳肢窝盯着远方。"旧金山。"他说。

"旧金山。"金妮重复道。

"我害怕地震。"他对她说。[①]

星期二，一个名叫艾琳的女人给他打来电话，问他在联邦航空公司的飞行常客号码。他告诉对方说自己没有，

---

①旧金山位于环太平洋地震带，是地震多发区。

她就说只有联邦航空公司有从奥斯汀到旧金山的直达航线，她建议他到达机场后就注册他们的飞行常客计划，因为这样能得到头等舱的双倍里程积分。

她听起来高效得令人难以置信，噼里啪啦地说出了一些不同航班的出发和到达时间，他尽力跟上她的节奏。她建议他乘坐十一点五十五分起飞的航班，到达旧金山的时间是一点十分，因为另一趟直飞航班六点二十一分才能抵达，考虑到交通，就赶不上八点开始的在伯克利的演出了。除非他想飞到奥克兰，这样他就得搭乘美利坚航空公司的飞机，但得在达拉斯转机。

他采纳了她的第一个建议。

"十一点五十五分那趟？"

"你说什么就是什么吧。"

挂断电话后，他才忽然意识到自己会错过经济学课程的期末考试。当然，如果他真去旧金山的话。

艾琳坐在一张古董桌旁，视线越过圣巴巴拉群山，注视着远方的太平洋。不幸的是这家酒店虽然迷人而宁静，却缺少现代科技，例如房间内没有网络服务。她只得把手提电脑连在手机上上网，但老掉线。也就是说，她还没订上西奥多·约翰逊的机票。

她听到"咔嗒"一声，房门被打开了，杰罗姆·佩斯利的大脑袋伸了进来。"安排好了？"

她懒洋洋地瞥了他一眼。"只是还得订机票。"

"先听听这个再说？"他边说边来到她身后，"你不会相信的！"

"说吧。"

杰罗姆边揉着她的后脖颈边说："弗雷德查了他的老底。那小子有前科。斗殴！"

艾琳转过身看着他。

"我是不是个天才，是不是天才？"

她从椅子上起身，踮起脚亲了亲他。"你是个天才。"她轻声说。

"嘿，天才并不全是**高智商**。"他解释道，"世界上有很多聪明人，比我聪明。这是关于**认准机会**的问题。让机会自动送上门。有时候，你要做的就是把门打开，让机会走进来。只有一个天才才知道什么时候开门。"

艾琳对认准机会也略知一二。她发现杰罗姆·佩斯利是一个软弱、不可靠的男人，总是想给别人留下印象。她让自己记住了他。

迄今为止，在杰罗姆的帮助下，她已经从凯拉的信托账户里转走了将近三百万美元，就连杰罗姆都不知道她挪用到了哪种地步。

杰罗姆踱起步来。"是时候了。是时候了，"他说，更像是自言自语而不是对艾琳说，"再过两个月她就十八岁了。现在是行动的时候了。机会在敲门。我没有选择的余地。现在是开门的时候了。"

他踱着步。艾琳能听出他声音里的恐惧。从他的眼睛里也能看到。

凯拉不止一次说过自己一满十八岁就要解雇他，倘若真是如此，那接任者肯定会发现盗用的事。然而，如果，比方说，有人，像比利小子这样的人，在凯拉还不到十八岁时把她杀了，那她的母亲就会继承她所有的财产，作为她母亲的丈夫，杰罗姆就可以继续把持财政大权。

"她不是一只下金蛋的鹅！"他断言道，"我才是那只下金蛋的鹅。要不是我，她现在还在她的教会合唱团唱歌呢。我造就了现在的她，我也可以轻而易举找到另一个人。"

他的计划是继续跟凯拉的母亲过上几年以免受到怀疑，然后离婚，和艾琳生活在一起。但这不是艾琳的计划。她的目的可不是跟这个自以为是的疯子分享她的钱或她的生活。

这就是为什么除了要给西奥多·约翰逊订票之外，她还打算给自己订一张：先到波特兰，然后去哥斯达黎加。

她护照上的名字是丹尼斯·莱纳瑞尔。

有件事确定无疑。她不想在西奥多·约翰逊到达旧金山时自己还在那附近。

那天晚上的演唱会被安排在一个圆形露天剧场，剧场坐落在小山丘上。凯拉在露台的后台区等着。海风透着丝丝凉意，充满雾气。她能闻到圣巴巴拉修道院周围的花香。

她无法相信三天后就又能见到西奥多了。艾琳已经订了机票。这几乎让她又喜欢上了艾琳。

她不止一次想把艾琳的事情告诉母亲，但她不忍心这么做。这不仅是因为她不想伤害母亲。虽然她极不愿承认，但可悲的事实就是她，凯拉，**需要**小天才艾尔。尽管她总是气势汹汹说着狠话，可内心深处她知道自己永远无法解雇他。没有他，她就会不知所措。

一旦演唱会开始，她就能把母亲和小天才艾尔的事情统统忘掉，彻底沉浸在音乐中。在露天舞台上，她的声音似乎一直飘向星空。没人注意到——乐队没注意到，观众也没注意到，这次她真的唱道：

　　　救救我，胳肢窝！
　　　有个伤心的女孩。

26

　　杰克·邓利维非同寻常地穿了一件夹克，还打着领带。胳肢窝告诉他这样看起来很打眼，但杰克只嘟囔说领脖太紧了。他得去市长办公室开会。

　　他们来到一户人家，两个月前他们给这户人家安装了洒水设备，现在设备漏水了。"就在前院右边的某个地方。"老板告诉胳肢窝。

　　"我的右边，还是房子的右边？"胳肢窝问。

　　"什么？"

　　"我是说，是我站在街上面朝房子时的右边，还是我站在门口面朝大街时的右边？"

　　"你只管把该死的漏水口找到修好就行了！"

　　他为那个会议有些着急上火，他的穿着也让他很不舒服。而且，不管漏水的原因是什么，房主都不打算出维修费，可是他还得照付胳肢窝的工钱。

　　他开会去了，胳肢窝仔细检查了一遍，找漏水口可不是一件容易的事，他只有顺着管道一寸一寸地挖过去。

　　正要动手时，种在墙角的一株山桂树引起了他的注意。

他不记得上次山桂树是不是已经在那里了。

他意识到，当然喽，他已经在至少四十户人家干过活儿，不可能记得每个院子里的每一种植物。不管怎么说，他总得找个地方开挖，于是他从山桂树那里开始了。

不到二十分钟他就找到了漏水口。栽这株山桂树的人用铲子在喷水管上划出了一道裂口。

他在坏了的管子上锯掉了两英尺长的一段，然后接了一段新管子。等胶水彻底干透后才能测试，于是他在阴凉地里坐下。就在这时，一辆车停了下来。

他以为是有人来拜访房主，所以过了好一会儿他的大脑才反应过来，从驾驶座上下来的人是费利克斯，戴着牛仔帽的是摩西。

摩西从后座上拉出了第三个人——X光。X光的右脸上有一大块瘀青，眼镜也没戴，衬衫被撕破了。

胳肢窝站了起来。"你还好吧？出什么事了？"

"没事。"X光说，摩西推搡着他，"他们就是想跟你聊一聊。"

X光的嘴巴不太对劲，说话时有些口齿不清。

"他的眼镜在哪儿？"胳肢窝问。

摩西从自己衬衫前面的口袋里掏出X光的眼镜，拿了一会儿后就扔在了草坪上。

"听说了吗？"费利克斯问，"有人卖假票。女警来找我聊了聊这事儿。跟我聊？我这辈子从来没卖过一张假票。我解释说这对生意没什么好处。当然，或许钱来得快些，但以后就再也卖不了其他票了。看，我的生意是以信任为基础的。"

"我告诉过你了。她没觉得是你。"X 光说。

摩西狠狠地在他脑袋一侧拍了一下。"我也跟你说过让你闭嘴。"他用他那非比寻常的高音说。

"最近你看报纸了吗？"费利克斯问，"市长大为光火，要彻底消灭掉假票交易！你觉得这对我的生意意味着什么？"

"费利克斯，大家都信任你。"X 光说，"全镇都知道你的大名。所有酒店的门房，还有……"

"闭嘴！"摩西说。

费利克斯继续说："现在他们甚至讨论要通过一项法律，认定倒票为非法行为。"

"他们不能那么做，"X 光说，"这是违背宪法的。"

摩西又狠狠地打了他一下。"嘿，我刚才是怎么说的？"他转向胳肢窝，"你怎么能忍受得了他？"

"你知道警察问了我什么吗？"费利克斯问，"你想知道她的头号问题吗？'胳肢窝在哪儿？'那就是她的问题。

'他住哪儿？他的电话号码是什么？'我唯一想的是：**胳肢窝究竟是谁**？但后来我想起来了。我记起在孤星碰到的那两个家伙，我还有点喜欢他们。他们似乎挺酷。于是我告诉她我从没听过有人叫胳肢窝。"

"我们对此感激不尽。"X光说。

"闭嘴！"

"但是你知道丧失信用会带来什么恶果吗？人们害怕再买票了，需求量下降，价格跌落。照我估计，胳肢窝，截至目前，你那两张小小的假票已经害我赔了两千美元。"

"胳肢窝对此毫不知情。"X光说。

摩西又要打X光，但胳肢窝朝他走了一步。"别碰他。"

"哦，是吗？"摩西说，挑衅地看着胳肢窝，"你打算怎么办？"

"静一静。"费利克斯说，"胳肢窝，是这么回事。我可以把我知道的一切都告诉那位可爱的美女探员，但是这对我有什么好处？"

"没什么好处。"X光说。

"没什么好处。"费利克斯表示赞同，"损失已经造成了。但或许有个办法咱们能互惠互利。你帮我把钱赚回来，而且你还可以从中赚上一笔。"

"你在打什么主意？"胳肢窝问，眼睛盯着摩西。

"凯拉·德莱昂的信。我付你一百五十美元。"

"这不是卖的。"胳肢窝边斩钉截铁地说，边瞥了 X 光一眼。

费利克斯笑了。他转向摩西。"你知道吗？咱们的朋友 X 光没有撒谎。"

"嘿，我从没对你说过谎。"X 光说，"你只要想想我是从哪里来的就明白了。"

一辆小货车在费利克斯的车后面停了下来。

"看，这就是交易，胳肢窝。你把信卖给我，否则我就告诉美女探员。你自己选吧。要么都赢，要么一起输。"

杰克·邓利维从车上下来。他没再穿夹克，没再打领带。

"你有二十四小时的时间。"说完，费利克斯把写有自己电话号码的名片递给胳肢窝，"顺便问一句，你的真名叫哈比卜？"

胳肢窝没有回答。

摩西的鞋跟踩在了 X 光的眼镜上，然后他跟费利克斯掉头朝他们的车走去，刚好跟迎面走来的杰克·邓利维擦肩而过。

"抱歉，老兄。"X 光说，"真的很抱歉。我告诉他们那封信的唯一原因是我想解释假票没给任何人造成伤害。"

"好吧，唉，有时候你说得太多了。"胳肢窝说。

"的确。"X光表示赞同，"我的确说得太多了。"

胳肢窝捡起X光的眼镜。镜框弯了，一个镜片掉了出来，但还不至于修不好。

"好吧，你只做你认为对的事就行了。"X光说，"不必担心我。要是进了监狱，那也是我活该。"

杰克·邓利维朝他们走过来。"我付你工资可不是让你站在那儿跟朋友聊天的。"他说，但听起来不像是很生气。

"我把漏水的地方修好了。"胳肢窝告诉他，"我只是在等它干透好测试一下。"

老板打量了一遍基本原封未动的草坪。

胳肢窝告诉了他关于山桂树的事。

老板笑了，然后转向X光。"瞧，那就是为什么我给他升职加薪的原因。他不光有强壮的身体，还有头脑。"

会议非常成功。杰克·邓利维告诉胳肢窝，他拿到了表演艺术中心的景观改造工程，还得再雇上一批新人。对于升职加薪的事情他并没有开玩笑。"你将要有自己的员工了。咱们这个周末就开工。"

他又转向X光。"你出什么事了？是那些家伙吗？"

"我很好。"

"你不想要份工作吗？一小时六美元五十美分？"

"听起来不错。"X光说，令胳肢窝大吃一惊。"但我想先跟你说实话。我有前科。"

杰克·邓利维考虑了一会儿。"你也在翠湖营待过？"他问。

"是的，先生。我就是在那里碰到西奥多的。"

胳肢窝差点笑出来。听到X光叫他的真名有点奇怪。

"这样的话，那我给你开一小时七美元，"胳肢窝的老板说，"你们是挖得最快的。"

27

胳肢窝的经济学老师曾告诉全班同学，一头驴站在两堆一模一样的干草垛正中间，由于两堆干草没有任何优劣之分以供选择，它就一直站在中间直到饿死。

班上的每个人都辩驳说一头驴不会真的那么做，但那不是问题的关键。实际上，胳肢窝也不记得问题的关键在于什么，就像他在经济学课上学到的很多东西一样，在现实世界里一点也说不通。

但那头驴的形象一年来都在他脑海里，怎么也忘不掉。它的长耳朵耷拉着，头低垂着，越来越消瘦。他真想冲它喊一声:"随便挑一堆吃吧!"

现在,他开始理解那头驴的感受了。

他没有为经济学测试复习功课。他没有给费利克斯打电话。他没有告诉父母凯拉·德莱昂邀请自己去旧金山的事。他没有告诉老板这个周末他不能上班。

胳肢窝觉得费利克斯可能会在网上出售那封信。他听说过麦当娜嚼过的一块口香糖都卖到了六千美元。

反正这也是凯拉想要的——她的私人信件在网上被成千上万的人传阅。可是,如果不把信卖给费利克斯,X 光就会去蹲监狱,没准他也得进去。要是去了旧金山,那经济学课就完了。

因此,他没有任何动作,迟疑不决让他渐渐麻木,就像两堆干草垛中间的驴子。

28

星期四的晚上胳肢窝彻夜未眠,但星期五早上起床时他有了个计划。虽然不能解决所有的问题,但至少他有了一个决定。他意识到自己不可能面面俱到,让所有人都满意。

他给费利克斯打了电话，然后去学校参加演讲课的期末考试。不出所料，考试简单得有些荒唐，只有多项选择题和是非判断题。

他没有去参加经济学考试。去了也没用，他没看最后三章。

他非常后悔，走出教学楼时他很心痛，但既然已经下定决心了，他知道自己得坚持住。辜负了杰克·邓利维也令他觉得很糟。其他人都抱怨他们的老板，但杰克一直很善待他。

但当像凯拉·德莱昂这样的人邀请你去旧金山，你怎么能不去呢？她的歌声就在他的脑海中盘旋。

　　　我没有后视镜，
　　　两边也没有后视镜。
　　　不要往后看，宝贝，
　　　当我带你去兜风的时候！

谁知道呢，他也许再也不用工作了。能不能从高中毕业又能有多大的意义呢。

一声喇叭响了。他转过身时，一辆车猛地掉头，朝他开来。车贴着路沿停下，车尾呈四十五度角向外翘起。

费利克斯和摩西从两侧出来。

"我现在就要那封信。"费利克斯说。

"我跟你说过了星期一。"

"我知道你跟我说过什么。我今天就要。我不喜欢被骗。"

"我没骗你。看，就像你说的，你告诉警察，大家都得不偿失。你等到星期一，所有人都稳赚不赔。"

摩西的拳头猛击到胳肢窝的脑袋一侧，把他打得旋转着后退了几步。

胳肢窝挣扎着没有倒下。他举起双手，掌心朝外。"等一等。"

摩西可不想等。他又来揍胳肢窝，但这次胳肢窝看到他过来了。他避开了挥过来的拳头，随即像公牛一样低头向对方撞去。

摩西向后倒在费利克斯的车上，牛仔帽飞落了，一只车前灯也碎了。

算他走运，碎掉的只是车前灯，不是他的脑袋。

摩西站了起来，摩拳擦掌，并冲胳肢窝笑了笑。

胳肢窝也做好了准备。

摩西向胳肢窝跨出一步，虚晃了一下右拳，然后用左拳猛击胳肢窝的肚子。

胳肢窝弯下了腰，但是挡住了下一拳。他们双双倒地，滚进了排水沟，拳头还是不停地飞来飞去。胳肢窝脑袋上被打了好几下，但摩西的出击越来越弱，胳肢窝却越打越有劲。

　　街上响起喇叭声。胳肢窝抬头看到一辆加长型白色豪华轿车停在了路中间。"我报警了！"司机喊道，指着自己的手机。

　　胳肢窝站了起来。他后退几步，看着车沿街驶去，接着拐过街角。

　　"只要给我一点时间，等到周一。"他说，"你会拿到信的。"

　　摩西扶着车外的后视镜挣扎着站起来。

　　牛仔帽躺在地上，是白色镶棕边的。胳肢窝想起 X 光的眼镜，从上面踩了过去。

　　剩下的路他自己走了回去，头也没回。

　　那辆白色豪华轿车现在就停在他家门前。司机站在车旁，一看到胳肢窝，立即钻进车里，把车门锁上。

　　胳肢窝敲了敲车窗。

　　司机给他看了看手机，开始按键。

　　"是我！西奥多·约翰逊。我就是你要接的人。等我拿一下行李。"

他匆匆进了家门，不知道出来时司机是否还会在那里等着。当他看见镜子里的自己时就更不确定了。他看起来就像个野人。汗水和血水从他的脸上滚下来，落到他扯破的衣服上。要是看到自己这副模样走来，他也会穿过马路到对面去。

没有时间洗澡了。他脱掉衬衫，往脸上和上半身撩了点凉水，然后喷了点斯蒲露。右手一根手指的指节在流血，他在伤口上贴了一个创可贴。

他穿上一件干净的衬衫，又往背包里装了三件，还拿了一条长裤、几双袜子和几件内衣。

在他放袜子的抽屉底部，放着凯拉的来信和卖票赚来的钱，差不多有一千美元。他把钱连同那封信全都带上了。

他走进厨房，看了看窗外，有点意外那辆豪车仍旧停在门口。他在电话旁边的便笺本上留了张便条。

亲爱的妈妈爸爸：

　　星期天晚上我才能回来。我有点事情必须处理一下。别担心。

T

他不知道还能说些什么。他意识到应该给杰克·邓利维打个电话，但没有时间了，而且他也不知道该跟他说什么。他只希望 X 光能代替他。他抓起背包往外走。

司机绕过来为他打开车门。"欢迎您，约翰逊先生。"他说，"真抱歉刚才没有认出您来。"

"很高兴你还等在这儿。"胳肢窝说着坐进后座。

"这里有水，还有一张报纸。"司机提醒他。

"多谢了。"

身旁的座位上放着一份《奥斯汀美国政治家报》，侧面的杯架上有两瓶水。车还没驶上高速公路，胳肢窝就把一瓶水喝完了。

在他的上方是收音机和温控器。他认真地研究着旋钮，把空调开到最大。

"我这里有一个给您的信封，里面是您的旅行票证。"司机告诉他，"显然，您的传真机不能工作了。"

胳肢窝笑了。

收音机里传来凯拉的歌声。

一个悲伤的马戏团小丑，

希望激起长发碧眼的空中飞人的爱，

踢飞松垮垮的鞋，换了一身衣服，

就像克拉克·肯特或托比·马奎尔,

爬上马戏团的云梯,越爬越高,

因为她从来不会爱慕小丑,

但高高的绳索下没有安全网,

将近顶点时他开始流汗。

他爬出了煎锅……

却落进熊熊烈火!

29

售票窗口排着一条长队,但胳肢窝轻松地经过人群,去了头等舱售票窗口,那儿几乎没人排队。售票员称他为约翰逊先生。

他没有被检查就通过了安检,这令他有些吃惊,因为他们拦住了一个戴着眼镜的秃顶中年男子。胳肢窝知道自己看起来比那人更危险。

几个小时后,他吃着焦糖冰激凌飞在落基山脉的上空。邻座的男子就住在旧金山。

"你经历过地震吗?"胳肢窝问。

"好多次了。没什么可担心的。你只要缩在桌子底下,或站在门口，等着震动停止就行了。"

胳肢窝想象着自己蜷缩在桌子底下，泥灰和砖块不断地从四周落下，地板上到处是大大的裂缝。

飞机提前十分钟就着陆了，正好是太平洋夏令时的一点钟。胳肢窝搭自动扶梯下了楼，来到行李提取处。在那儿他看到一名男子举着块牌子，上面写着"西奥多·约翰逊"。那名男子拿了一辆行李车，但胳肢窝告诉他自己就只有一个背包，背着朝豪华轿车走去。

尽管不像得克萨斯那样闷热得令人窒息，机场里还是又热又晒。但他二十五分钟后到达旧金山市中心的惠灵顿阿姆斯酒店时，空气中却弥漫着雾气，气温明显变凉爽了。难以置信这是在七月中旬。他想，要是带着一件夹克就好了。

金妮绝不会相信的，他边想边吸了一口海边的空气。仿佛整座城市开着空调。空气中还有一种得克萨斯没有的清新。在得克萨斯，整个夏季闷热的空气似乎纹丝不动，一直滞留在同一个地方，每分钟都在变得陈腐、污浊。

门童问他是否需要帮忙搬行李，他婉言谢绝了，表示自己所有的行李就只有一个背包。

穿过旋转门后，他好像踏进了一座宫殿。他又想到了金妮，希望她能看到这些。"豪华"和"壮观"——跟她讲起这家酒店时，他会用上这两个词。到处都是巨大的枝形吊灯和华丽的镜子。"华丽"——那是他会用的另一个词。

一个纤细迷人、身着蓝色套装的亚洲女人朝他走过来。"约翰逊先生？"

"是的，我就是。"她是一天之内第四个称呼他为"约翰逊先生"的人。

"欢迎您的光临。我是南希·杨。"

他握了握她的手。她的上衣上别着一块铜制胸牌，牌子上除了她的名字还有"贵宾公关"的字样。

"有什么需要请随时告诉我。"她交给他一个信封，里面装着他房间和小冰箱的钥匙。"您在二十一层。一切准备就绪。需要有人帮您提行李吗？"

"不用，我就只有一个背包。"

她解释说他住在有限制的楼层，需要用房卡才能进电梯。"希望我为您演示如何使用吗？"

"不用了，没关系。"他想问问她万一地震了他该怎么办，但又不想显得像个胆小鬼。二十一层实在是太高了，要是整座大楼倒塌了，躲在桌子底下似乎也没多大用处。

他四处张望着想找电梯，走错了方向，但南希拦住了他。"电梯在那边。"她说。

他终于看到了，真纳闷一开始怎么会看漏了。它们就在明处。"抱歉，我从没来过这家酒店。"

"是的，这里太混乱了。"她说，声音里丝毫没有讽刺的意味。

她陪着他走进电梯，为他示范如何将房卡插进槽里，好上到二十一层。

"祝您愉快。"

他的房间是一个两室套间。一盘水果和奶酪摆在客厅的咖啡桌上，是酒店赠送的。他切下一块硬邦邦的奶酪，放在脆饼上。有点苦，但他觉得应该就是那个味道。他往嘴里扔了几颗红葡萄。

有两台电视，一个房间一台。他数了数，有五部电话：每个房间各有两部，卫生间还有一部。"唉，这就是等级。"看到卫生间那部坐在马桶上就能轻易够到的电话时，他大声说。

他正洗着澡，头发上满是茉莉加鳄梨味的洗发水时，电话铃响了。没问题。他打开淋浴房的门去拿电话。

"你好。"

"你到了！怎么不给我打电话？"

"我正在把自己收拾干净。"

"好吧。快点哦。我等你一整天了！天哪，真不敢相信你真的来这儿了。我都等不及要见你了。我要疯了！"

"我也是。"

"你一好就给我打电话。我在2122号房。我的名字是莉萨·辛普森。"

他冲掉头发上的泡沫，刷了牙，又用免费赠送的漱口水去掉了奶酪味。近两个月来他第一次穿上了长裤，然后打电话给莉萨·辛普森，她说在大堂里跟他碰头。

去电梯的半道上，凯拉的经理拦住了他。"欢迎。你一定就是西奥多喽。"

"是的，先生。"

胳肢窝以前见过他两次，第一次在演唱会上，还有一次是在四季酒店的大堂里。

"杰罗姆·佩斯利，凯拉的父亲。"他伸出了手。

胳肢窝想起凯拉曾说过这人跟她母亲结婚的事，可她从来没有叫过他父亲。胳肢窝握了握对方的手。

"旅途还顺利吧？"

"是啊，棒极了。"胳肢窝说，"多谢了。真的很感谢您把我带到这里来，还有其他一切。"

那人笑了。"乐意为你效劳。有什么需要尽管开口。"

"我没事。一切都很好。谢谢。"

"你喜欢棒球吗？"

这个问题让胳肢窝感到很意外。"应该吧。"

"来，我想给你看样东西。"

胳肢窝没得选择，只能跟着凯拉的经理走。他不想失礼。

杰罗姆·佩斯利打开自己的房门。"我马上开门。你进来就是。"

这句话听起来有些奇怪，他说话的语气也有些怪，但胳肢窝还是进去了。

房间跟胳肢窝的套间一模一样。凯拉的继父拉开一个壁橱的门，取出一根棒球棒，拿着粗的一头。"看看这件宝贝！"

胳肢窝接过球棒。"真酷。"他不知道还能说什么。

"看见上面的姓名首字母缩写了吗，B.B.？"

字母就在标签上。

"贝瑞·邦兹。"凯拉的父亲说，"来啊，挥上几下。"

"不错。"胳肢窝说。

"继续，不会坏的。"

胳肢窝拿起球棒，确认了有足够的空间，然后挥了半圈。他觉得有点傻。

"感觉非常棒，是吧？"杰罗姆·佩斯利说，"用它你肯定能打出不少本垒打。"

胳肢窝对棒球不太了解,但他很清楚打出本垒打的可不是球棒,而是挥球棒的人。

"你知道,我以前打过职棒,"凯拉的经理告诉他,"在大联盟里待了一个赛季,后来受了伤,结束了职业球员生涯。"

一个赛季是夸张的说法。那年九月,杰罗姆·佩斯利在大联盟只待了十八天,当时刚好赶上球队扩充。而所谓的受伤,更多的是精神而非身体上的,自从被一次投掷砸中脸部后,他就再也没法睁着眼睛挥棒了。

胳肢窝放下球棒。

"但最终一切都还不错,不是吗?看看我现在,比大多数球员赚得要多。而一个棒球球员的职业生涯才多久?十年都算走运了。我比他们强多了,是吧?"

过了一会儿,胳肢窝才意识到对方在期待他的回答。"是啊,先生,您很棒。"他说,"看,我得走了。我应该下楼去见凯拉了。"

"嘿,玩得开心。我不是有意拦着你不让你走的。"

"谢谢。谢谢您给我看球棒。"他退出了房间,匆匆赶往大堂。

呃,这太古怪了。乘电梯下楼时他想。

凯拉就等在电梯门外。

"让一个女孩等着可不太好。"她说。她穿着法兰绒衬衫和牛仔裤，活像个伐木工。

弗雷德站在离她几步之外，但这次胳肢窝没有因此而停下。

他径自走向凯拉，抓住她，吻了她的嘴唇。

她回吻了他，逗留了几秒钟。然后他们相视而笑。

"我想还是值得等的。"她轻轻地说。

30

"你会冻坏的。真没法相信你都不带一件夹克！"她握住了他的双手。

"现在是夏天。在得克萨斯得有一百华氏度。"

"你又不是在得克萨斯。你在这儿，跟我在一起。"

"好吧，你也很火辣。"胳肢窝说。

她翻了个白眼，但还是笑了。"来，咱们去礼品店给你买件运动衫什么的。"

她带他走进礼品店时松开了他的一只手，但还握着另一只。

他打量起运动衫，想找一件不那么忸怩作态的。但凯拉径直走到挂在橱窗里的一件炭灰色羊毛夹克前。

"你穿这件肯定好看！"

衣服很时尚。胳肢窝摸了摸面料，像凯拉的法兰绒衬衫一样柔软。他正要试一试，忽然瞥见了价格。九百九十五美元。

他又回到运动衫区，尽管凯拉让他不要在意价格。"把账记在住宿费里就行。钱由巡演来付。"

胳肢窝挑了一件印着"旧金山"字样和缆车图案的红色连帽衫，花了一百二十美元，但跟那件夹克相比似乎划算多了。他把账记在了住宿费里。

他刚把帽子戴上，凯拉就叫他小红帽，他便又放下了。"想去金门大桥走走吗？"她问。

"听起来不错。"

门童吹了吹口哨叫来一辆出租车，凯拉问司机是否知道去金门大桥的路。

"从没听说过。"司机说，然后冲胳肢窝挤了挤眼。

胳肢窝坐在后座，凯拉依偎着他。"你自己打辆车。"她对弗雷德说。

她很柔软，叫人不由得想抱她，就像金妮的毛绒玩具一样。

他们驶离酒店时，凯拉问胳肢窝要一张五十美元的钞票。

显然，她习惯了身边的人带着这种面额的钱。有生以来头一次，胳肢窝的皮夹里确实装着几张五十美元的钞票。

"嘿，跟你做个交易，"凯拉边说边把五十美元递给司机，"后面跟着的那家伙是个十足的傻蛋。一甩掉他就让我们下车，然后你继续开到大桥上去。"

"我喜欢你的做派。"司机对凯拉说。

"我也是。"胳肢窝说。

凯拉唱了起来："**我喜欢你的做派，你微笑的模样，真叫我疯狂。**"

胳肢窝不知道是真的有这么一首歌，还是她现编的。

"知道吗，你的声音非常棒。"司机评价道。

出租车忽然拐弯，穿过三个车道，凯拉倒在胳肢窝的腿上，哈哈笑了。

司机告诉他们做好准备。他拐过街角，不慌不忙地停在一辆并排停靠的 UPS 卡车前面。

"走！"

凯拉打开车门，跳了出去。胳肢窝的一只脚刚着地，司机就踩了油门。胳肢窝把车门关上，抓住了凯拉的手，以免摔倒。

他们蹲在巨大的棕色卡车后面，载着弗雷德的出租车从旁边开了过去。

杰罗姆·佩斯利把房卡插进卡槽，欣慰地看到绿灯亮了。他最后一次朝走廊看了看，然后打开胳肢窝房间的门，迅速闪了进去。

他戴着一副乳胶手套，外科医生戴的那种。手套很伏贴，就像是另外一层皮肤。

他在客厅里飞快地扫视一圈，然后走进卧室，胳肢窝的衣服扔得满地都是。他捡起一只汗津津的袜子，思索了片刻后又扔了。

他进了卫生间。胳肢窝的湿毛巾就堆在地上，旁边是酒店提供的毛巾布浴衣，牙膏的盖子开着，牙膏漏了一点出来，镜子旁躺着一把发刷。

他拿起发刷，取下了几根缠在鬃毛上的头发，放进一个寻常的白信封里。

一片用过的创可贴，上面沾着血痂，被扔在垃圾篓旁的地板上。他捡了起来，冲着镜子里自己那张胖脸笑了笑，然后把创可贴也装进了信封。

他回到客厅。是艾琳把胳肢窝房间的备用门卡交给他的，她还给了他两张凯拉房间的房卡，他将其中一张放在了沙发的两个垫子之间。

离去前，他把水果和奶酪盘里的小刀也带走了。

他们不知不觉走到了唐人街，他搂着她的肩膀，她揽着他的腰。副食杂货店门口摆放着不少水果蔬菜摊，让本就拥挤不堪的人行道变得更加局促。街上到处都是并排停放的卡车。交通基本陷入瘫痪，人们在车流中穿梭。然而，当胳肢窝和凯拉在大道上的宝塔旁停下来接吻时，对他们来说街上似乎只剩下他们两人了。

他们继续走着。周围的人都令胳肢窝感到惊奇，他想知道他们的生活是什么样的。他觉得好像身处一个陌生的国度。来回挑拣着他从未见过的蔬果的女人们咕哝地说着中文。

"看那些。"他说，指着一英尺多长的绿色豆荚。

"我不喜欢蔬菜。"凯拉说。

商店里的景象似乎比摆在人行道上的蔬菜更有异域风情，也更神秘，但他没能说服她跟自己进去瞧一瞧。一扇橱窗里挂着的一串宰了的鸭子令她倒足了胃口。

"我觉得挺有意思。"胳肢窝说。

"那是因为你不是鸭子。"凯拉说。

她答应在一家卖中国纪念品的商店里逛一逛，因为他想给金妮买点礼物。丝绸拖鞋本是最合适的，但他不知道该买多大号，凯拉也说拖鞋跟 T 恤不一样，必须合脚才行。

在衣服货架旁走了一圈，他忽然看到一件运动衫，跟他身上穿的这件差不多。标价是十九美元九十九美分。

"这不一样。"凯拉说，"这件不带帽子。"

"那真是一顶昂贵的帽子。"胳肢窝说。

"不止这一点区别。"凯拉说，"你摸摸面料。"

对胳肢窝来说，两者的差别没多大，但他没有说。

最后他给金妮买了一条丝巾，上面印着碧海蓝天映衬下的金门大桥。

31

"天哪，终于又能喘过气了。"凯拉说。唐人街上拥挤的人群和浓烈的气味让她很心烦。"我想咖啡都要想疯了。"

他相信她说的话。

现在他们在这个城市的意大利街区，也就是凯拉说的北滩区，可他没看到一点沙滩或海水。街道两侧鳞次栉比地排列着意大利餐馆、咖啡馆、书店和其他各种小店，有一家店只卖旧明信片。

"这里不是个海滩。"凯拉解释道,"只是起了这么个名字罢了。"

"有点像翠湖营。"胳肢窝说。

他们进了一家地下咖啡馆。支撑着天花板的直立木柱散布在座位之间,柱子似乎格外乌黑油亮,仿佛是在过去的五十年里吸足了咖啡。

柜台后的女孩左眼下面文有一滴眼泪。凯拉点了双份的卡布奇诺,要求在上面加生奶油。

"跟她一样。"胳肢窝说。在这种地方要一杯可乐会让人觉得很傻。

盛咖啡的杯子就跟汤碗那么大,那个永远哭泣的女孩往生奶油上撒了点可可粉。凯拉挑了一种够他们两人吃的螺旋形油酥点心,然后端着咖啡和点心去找座位了。

"九美元二十美分。"柜台后的女孩说。

她听上去兴高采烈的,这让胳肢窝有点惊讶。他付了十美元,然后把找零放进了小费罐里。

他在凯拉身旁坐下时,凯拉正拿着一包糖往咖啡里倒,杯子旁的一小摊咖啡里躺着另一个糖袋,里面的糖所剩无几。

"这地方不错吧?"她问,"'垮掉的一代'曾在那个舞台上朗读诗歌,敲打手鼓。"

三角形舞台位于角落里，高出地面大约一英尺。舞台上现在空无一人，但木柱上贴着一些小海报，上面印有一些民谣歌手和诗人的信息，接下来几个星期里他们将在这里表演。

　　胳肢窝只希望这些柱子结实得足以扛住地震，他想如果它们在垮掉的一代那时就已经存在了，那应该很结实。否则再来一场轻微的震动，它们就该断裂了。

　　他试着小口抿咖啡，可就是没办法不让奶油沾到鼻子。

　　"我很想在那样的小舞台上唱歌。没有聚光灯。没有伴唱。没有吸血的代理人或商务经理。只是走上去，唱歌，然后收钱。大家愿意给多少就给多少。"她的眼睛亮了起来，"你可以当我的吉他手！"

　　"太棒了，"胳肢窝赞同道，"只是我不会弹吉他。"

　　凯拉笑了。她撕下一块点心，在咖啡里蘸了蘸，然后尝了尝。"哦，太好吃了！"她又揪下一片蘸了蘸，喂给胳肢窝。

　　点心很可口，但她的手指更美味。

　　"嘿，金妮怎么样了？"

　　"老样子，"他说，"很好。"

　　"你对她真好，"凯拉说，"我真的很钦佩。我不太能应付得了残疾的孩子。"

胳肢窝几乎没把金妮看作残疾人。

"你听说过许愿基金会吗？"她问他。

"嗯，应该听说过。"

"几个星期后我就得陪一个九岁小女孩度过一天，她得了绝症。我就是她的心愿！"

"你真好。"

他抿了一口咖啡，然后用餐巾纸擦了擦鼻尖上的奶油。

"我都怕死了。"凯拉说，"我知道这么说会让我显得像个坏人，但是跟那样的人待在一起我就会觉得害怕。我的经理说这是一次很好的宣传机会。我不知道她想从我这儿得到什么！我只是个歌手，治不了癌症！"

"她没指望你能治好她的病。"胳肢窝说，"你只需要看着她的眼睛，让她知道她是一个真实存在的人。"

凯拉深深地凝望着胳肢窝的眼睛。

"就像这样。"胳肢窝说。

她笑了，说："你太了不起了。"

"不，没什么了不起的。"他说。

"就是，你确实了不起。"凯拉说。

他伸手越过小小的桌子，握住了她的手。"有件事我得告诉你。"他说。

"哦，老天，"凯拉开玩笑地说，"你看起来可真严肃。"

"是这样的……"他不知道该从何说起,"你知道那场演唱会……金妮和我是怎么弄到假票的吗?"

一个穿着衬衫,打着领带,戴着一只珍珠耳钉的男人忽然走到他们桌前。"你是凯拉·德莱昂,对吧?"

凯拉迟疑了一下,然后承认了。"这是我的朋友西奥多。"

那人看都没看胳肢窝一眼。"我的侄女总听你的唱片。《青春之泉》,对吧?"

"对。"凯拉说。

"在她所有的唱片里,只有这张我还能忍受。"

"呃,我想应该谢谢你。"凯拉说。

"不客气,真的。跟过度生产的商业垃圾相比,那张唱片还算不错。"他把胳膊越过胳肢窝脸前说,"非常荣幸见到你。"

凯拉跟他握了握手。

他递给她一张餐巾纸。"你不介意签个名吧?"

凯拉晃了晃两只空手,但他又递过来一支钢笔。

她在餐巾纸上签了名。

"谢谢。实在太感谢了。我侄女会很喜欢的。现在你可以再为我签个名吗?"他问,又递给她一张餐巾纸。

"真抱歉。"那人一走凯拉就说。

胳肢窝耸了耸肩。

"对了，你刚才要跟我说什么？"

他不确定现在是否仍然是恰当的时机，咖啡馆里的每个人似乎都在盯着他们。

"是演唱会的事吗？"凯拉提示道。

胳肢窝吸了一口气。"好吧，是这样的。你还记得你给我的那封信吗？"

凯拉笑了。"是啊，我想我记得。太丢脸了！"

"没错。所以你还会给我写另一封信吗？不那么丢脸的？"

凯拉露出微笑，然后凑近他轻轻地说："没准会更丢脸。"

"不，我不是这个意思。我是说这个周末再写一封。你不必寄出去。只要是你亲笔写的，直接给我就行。"

"为什么？"

"有人想花一百五十美元买它。"

"什么？"

又说错话了。他不习惯喝咖啡，因此感觉好像有点晕头转向。

"听我解释。"

"是啊，我想你最好能解释清楚。"

"瞧，我不是从票贩子那里弄的票。嗯，严格地说是这样的，但我没有花钱买。"

"你在胡说八道什么？"

"瞧，我有个朋友，他在倒票。我们买了十二张你演唱会的票。我付的钱，然后他把票卖掉，我们平分利润。"

"你是个票贩子？"

"我朋友是。以前是。给我假票的就是他。"

"你朋友？"

"但现在还有另外一个家伙要把这件事情告诉警察，除非我把你的信卖给他。所以我在想你能不能写另外一封不那么丢脸的信，让我卖给他，这样我的朋友就不用进监狱了。"

"我干吗不给你写十封信？那样你就能赚一千美元了！"

"你没明白。这不是钱的问题。"

"是，你不在乎钱。你只是不希望**你的朋友**进监狱。"

"没错。"

"那么，另外**那个家伙**是怎么知道我的信的呢？"

"我朋友告诉他的。"

"你真是太离谱了。"

"你不明白。"

"也许你应该叫**你的朋友**来跟我解释清楚！"她站了起来，"你只不过是又一个骗子。都是为了钱。"

"你对钱有什么了解？"胳肢窝问，"你根本什么都不懂。你说你只想在这样的地方唱歌，让大家随意给钱。你根本不知道那种生活是什么滋味。看这里，买件夹克，才一千美元，记在你住宿费的账上。你什么都不懂。"

"哦，我什么都不懂？"凯拉问道。她又站了起来。"我只有一个问题，"她说，"亲我的究竟是谁？你，还是**你的朋友**？"

她抓起自己的杯子，把剩下的咖啡朝他泼过去，溅得他满身都是咖啡和奶油。

几个人鼓起了掌。一个穿着红色皮衣的女人说："姑娘，走吧！"

她的确这么做了——直接出了门。

胳肢窝继续坐了一会儿，用餐巾纸擦了擦自己。他怎么也想不明白为什么凯拉会以为是 X 光亲了她。

32

回酒店的路很长，一路上都没见到凯拉的身影，胳肢窝想她肯定叫了出租车。他怀疑凯拉身上都没有现金，但一回到酒店，她就可以叫人下来付车费。

他往回穿过唐人街。他不太清楚回去的具体路线，但知道大致方向。街道比记忆中要陡，没过一会儿，他就不得不脱下带着咖啡渍的运动衫，扎在腰间。他手里还拎着一个扁平的纸袋，里面装着给金妮的礼物。

他不知道自己应该一回酒店就去找凯拉谈一谈，还是等上一天，不然也许直接飞回奥斯汀。她恨他，而且参加巡演的所有人都知道了这件事，这种情形下他还在酒店里过周末也太古怪了。或许给她留张字条比较好。

他还以为让她再写封信会是个绝妙的主意，但现在看来太差劲了。即便实现了，又能怎么样？纽伯格探员那么聪明，不管费利克斯是否会告诉她，最终她还是会发现他就是胳肢窝。

他已经迈了太大的一步，急流已将他冲倒，把他带走了。他的全部努力，在学校和工作时的努力，全都付诸东流。X 光很有可能会进监狱，他大概也得进去。

这都是为了什么？对一个有钱有名的女孩的幻想。

他还以为自己真的和她恋爱了，但他知道什么？就在不久前，他还以为自己和塔蒂亚娜恋爱了。事实上，学校里有一半的女孩都能轻易俘获他的心。不用费什么心思，只要一个微笑，他就上钩了。

可是，他会为她们中的哪个抛弃自己的生活？或者只是因为凯拉又有钱又有名？他曾嘲笑她要把买夹克的一千美元记在她的住宿费上，但这也许就是他来旧金山，过那种华而不实生活的原因。

不，远不止这些。至少，他觉得远不是因为这个。他不知道还有什么。他什么都不知道了。

他还说她什么都不懂！**什么都不懂的人其实是我自己。**

他深吸一口气。清凉的海风夹杂着唐人街奇异的气息。在一个陌生的地方，孤单地站在人群中，即使你刚刚毁了你的生活，或者**尤其是**当你可能刚刚毁了自己生活的时候，会有一种特别的感觉。

他停下脚步，从一个不讲英语的华裔小贩那里买了几个滚烫的包子。面团是米粉做的，软软的，充满弹性；里面的馅儿是叉烧肉，他从没吃过这么好吃的东西。

他想起了关于小猪威尔伯的演讲。"他会给世界带来和平，倘若不能，每人还能得到一份火腿三明治。"

我或许已经毁了自己的生活，胳肢窝想，**可至少我能吃到一些美味的中国小吃。**

弗雷德沿着金门大桥的人行道果断地走着，当他从那些漫步的游客中挤过去时，丝毫没在意他们投来的厌恶的目光。他的脸上带着痛苦和焦虑。以前他从没跟丢过凯拉。

桥上的每一个行人，车里的每一个司机都意味着危险。但真正最令他担心的并不是某些怒目而视的陌生人。当然，西奥多·约翰逊看起来像个好孩子，但他们对他有多少了解？没多少，除了知道他有暴力犯罪的前科。

弗雷德走过桥上的第一座塔楼，可以看清前方的人群了。他盯上一个穿红色运动衫的人，但是走在红色运动衫旁边的人穿着一件黄色夹克，而且个儿也太高了。

33

凯拉一边淋浴，一边通过连接在电视上的一个特殊喇叭听着《盖里甘的岛》。再过一个多小时，她就要启程去演唱会了。

脸上的水雾并非全都来自淋浴喷头。有一些是眼泪，因为她觉得从没有人因为她这个人而喜欢她，他们只喜欢她的身份。

演唱会开始后她就会很开心，可以在歌声中忘却自我。唱关于心碎和背叛会容易得多，她又得为情歌重新幻想出一个人了。

　　杰罗姆·佩斯利敲了敲凯拉房间的门，等了片刻，便将一张门卡插进锁里。他打开门，把硕大的脑袋探了进去。

　　"凯拉。"他说，但声音不太大。他拿着那根球棒，乳胶手套里的两只手出汗了。

　　他进去，轻轻地把身后的门关上。他能听到淋浴和电视的声响。

　　凯拉的套房比他的房间大一些，有三个房间和一个开着的壁炉。最好的房间总是由她住着，这一直令他很恼火。

　　电视里，船长正在冲盖里甘嚷嚷。

　　在房间里一步步走时，杰罗姆·佩斯利感到血液在他的脑子里沸腾。视线瞬间模糊了，他停下来吸了一口气。直到这时这还只是个计划，小天才艾尔策划的益智游戏，但计划和实施有着天壤之别。

　　他鼓起勇气，走进卧室，抓住一根床柱好让自己稳住，然后就在卫生间门外等着。淋浴喷头还在流水。

　　他听到一个咔嗒声，然后意识到自己的手抖得太厉害了，球棒正撞击着墙壁。他希望凯拉没有听到。

　　回到酒店时，胳肢窝已经喘不过气了。他一直以为奥斯汀的山坡已经够陡了，但跟他刚走过的地方相比，那不过是小菜一碟。其中一条街道太陡了，人行道被砌成了台阶。

电话上的橙色提示灯闪着——共五条留言。他用冷水冲了冲脸，看着卫生间镜子里频频闪烁的电话。

他回到卧室，坐在床边，然后拿起电话。他摁了留言按钮。

我不恨你。我只是厌烦了被每个人利用。凭什么你就得跟别人不一样呢？去把信卖掉好了。我不在乎。我真的不在乎。其他所有人都在利用我赚钱，你为什么不能呢？另外，我怎么会丢脸呢？我不是一个真实的人！我没有感情！我只是一个——你走吧。我再也不想见到你了！你说得对，我什么都不懂。但是你也一样。

唉，他本来应该这么告诉她的。
一个新的声音冒出来。

这是您的最后一条留言。重新听取请按三。保存请按六。删除——

胳肢窝挂断了电话。

凯拉穿上酒店的浴袍。卫生间喇叭的音量开关在洗脸池旁边，她调小音量，现在不需要让电视机的音量盖过淋浴声了。

她用毛巾擦干头发，罗斯玛丽稍后会来做发型。她把毛巾丢在地上，打开卫生间的门，一脚跨进卧室。

杰罗姆·佩斯利闭着眼睛挥动了球棒。

球棒连击在她的肩膀上，然后狠狠地落在她的喉咙上。

凯拉向后撞到床柱，还没明白是怎么回事又被击中了，这次横贯她的胸口。

她发现自己倒在地板上。她努力想蜷进床底，但只能勉强把脑袋伸进去。床底已经被封了，以免客人落下他们的门卡或内衣。

球棒狠狠地砸在她的后颈上，再往上一点就是头骨了。

杰罗姆·佩斯利抓起她的脚踝把她从床底拖出来时，她才隐约明白发生了什么。她看到一幕可怕的景象，她的经理兼继父分裂成了两个人，每一个都将球棒高高地举过头顶。

客厅里传来一阵嘈杂声，然后是一声叫喊。

听起来像是**傻蛋**！

当弗雷德扑过来时，杰罗姆丢下凯拉，转身挥了一棒。球棒砸在弗雷德的肋骨上，但他没有退却。他用双手掐住小天才艾尔那根粗壮的脖子，两人一起跌倒在地上。

凯拉看到球棒滚到了电视柜下面。她想喊叫，但喘不上气来。她试图爬向电话，却无法从地上起来。

有人痛苦地呻吟了一声，接着杰罗姆跪着直起身，深呼吸几次，站了起来。他瞥了凯拉一眼，然后去拿球棒。

弗雷德仍旧躺在地板上。他的肚子上插着一把刀，那把刀原先放在胳肢窝房间的水果和奶酪盘里。

凯拉的套房入口处有两道门，因为这里经常举办聚会。胳肢窝惊讶地发现其中一道门开着。他敲了敲门，没人应答，于是就走了进去。

他能听到从卧室传来的电视的声音。"凯拉？"他喊道。

杰罗姆呆住了。他朝下看了看凯拉，但她已经无力喊出声了。

"凯拉。"胳肢窝又喊了一声。

没人应答。

"听着，要是你不想见我，我能理解。我只是来把信还给你。我不打算卖它了。我不想从你身上捞到什么。"

杰罗姆移到卧室门口，准备好球棒。他可不想干掉西奥多·约翰逊。那样只会让事情更加复杂。

凯拉竭力保持清醒。她想喊出声，但已经没有力气了。

胳肢窝把信放在了门闩上。"我把信放在门闩上了。"他说。

很好，杰罗姆心想，**碰门闩吧**。

"好吧，我这就走了。"胳肢窝说，"谢谢这次旅行。我再也不是原来的我了。"

他等了一会儿，想看看自己的这个小玩笑会不会将凯拉引出来。但看到没有见效，他便朝门口走去。

凯拉紧闭着眼睛，手却在床头柜底下四处摸索。她用手指绕住一根电线，用尽最后一丝力气一扯。

台灯重重地砸了下来。

胳肢窝停住脚步。"你还好吧？"

没人应答。

"凯拉，你还好吗？"

他快速走进客厅，然后进了卧室。"凯拉？"

他看到了凯拉的继父，及时抬起一只手臂。球棒狠狠地砸在手臂上，打断了骨头，他登时跪倒在地上。

小天才艾尔又抢起球棒，但这次胳肢窝闪开了，接着借助床柱的支撑站了起来。

他看到弗雷德倒在地板上，还有很多血。他没有看到凯拉。

他深吸了几口气，退到电视柜前面，准备迎接下一轮攻击。他的右臂骨折了，但他是个左撇子。

凯拉的继父跨过弗雷德，再次逼近胳肢窝。但当他抡起球棒时，弗雷德一把抓住他的脚踝，球棒打在了电视机上，随着一道绿光，电视机炸裂了。

胳肢窝一记左拳打在小天才艾尔鼻子的下方，把他击倒在地后，仍然势头十足。

他扑在杰罗姆·佩斯利身上，先是用拳头，接着又用胳膊肘一遍又一遍地打他，直到他不再动弹。

凯拉的发型师罗斯玛丽走进卧室，随即尖叫起来。

34

房间里挤满了警察、医生、急救人员、电视台的新闻记者、凯拉歇斯底里的母亲，以及其他巡演人员，大家都想弄清楚出了什么事，但胳肢窝设法拿回了放在门闩上的那封信，将它扔进了壁炉。

胳肢窝最后一眼见到凯拉和弗雷德是他们被担架抬出来的时候。凯拉失去了意识，拉倒台灯后她就昏了过去。

凯拉的继父昏昏沉沉得无法走路，戴上手铐后被几名警察架了出去。

弗雷德能说出的话足以证明胳肢窝的清白，尽管他知道的只是整个事件的一小部分。胳肢窝原本以为被人撞见自己正在痛打凯拉的继父，大家会以为他是袭击者，但没有人怀疑他的陈述。或许这是因为他的镇定，或者是杰罗姆·佩斯利手上的乳胶手套，要不就是因为正是他大喊着提醒罗斯玛丽报警。

接下来的十二个小时一片混乱，群龙无首。最后还是贝斯手邓肯打电话给伯克利音乐厅通知演唱会取消了。当时已经过了八点。

两千名观众跺着脚叫喊着："我们要凯拉！"这时，有人出来，误称凯拉·德莱昂刚刚被谋杀了。有的人失声痛哭，另外一些人绝望地找着他们的票根。

胳肢窝被警察盘问了四次：第一次在凯拉的套房里；接着是在去急诊室的路上，他受伤的手臂就是在那里得到治疗的；然后另外两次是在警察局。他签了一份长达十页的证词。

过了午夜，他才回到酒店。第二天早上他到处向人打听凯拉的消息，却没人知道。

参加巡演的所有人员都不知所措，不知道该何去何从，也没人知道谁来支付这笔巨额的住宿费。平日负责这些事的女人——艾琳不见了踪影。她早已坐着飞机去了波特兰，根本没有住进酒店。

南希·杨半开玩笑地建议胳肢窝最好赶紧离开，否则他就甩不掉账单了。他打车去了机场，把机票改签到下一趟航班，只是没有头等舱了。他不在乎这个。回程的路上他一直昏睡，令他沮丧的是总被邻座乘客的胳膊肘捣醒。

"你害……害怕吗？"金妮问。

"一切都发生得太快了。我只顾得上动手。现在回想起来，真有点后怕。"

"我也是。"金妮说，她的双眼湿润了，于是就用带着金门大桥图案的丝巾轻轻地擦了擦。

回到奥斯汀后，一切都出奇地正常。"你想在我的石膏上签名吗？"他问金妮。

"是的。"

这天是周日，他们坐在胳肢窝家那半边的房子里。眼下他们没法再像以前那样出门散步了。街上到处都是新闻转播车和摄影记者。

胳肢窝的母亲不得不赶走大量记者，有当地的，也有来自国内其他地方的。

"他不想接受采访！"他听到母亲说，"你们为什么不尊重他的意愿呢？"

听到母亲在提到自己时用"尊重"这个词，感觉还真不错。但话说回来，并不是每个母亲都能在国内各家报纸的头版上看到自己儿子的照片，配发的大字标题里还总是带有"英雄"的字样。

大多数报道都有误。据奥斯汀当地的报纸称，凯拉给了胳肢窝自己房间的门卡，他前去幽会时发现她正受到袭击。一家新闻网站则宣称袭击发生时他正和凯拉躺在床上。

渐渐地他才意识到，一定是弗雷德在外面焦急地找了一大圈回来后，冲进房间去救凯拉时忘了关门。

"凯拉知道你救了她的命吗？"金妮问。

"我想应该已经有人跟她说了。"胳肢窝说，"新闻里也报道了。"

"她应该给你打个电话。"

"等她好点了她会打的。她现在身体还很糟糕。"

门铃响了。

他的母亲颇感无奈。"他们怎么就不能让你清静一会儿呢？"她听上去火冒三丈，但胳肢窝看得出她很喜欢这样的时刻。

"我都跟你们说过了——哦。"她转向胳肢窝，告诉他有一个警察想和他谈谈。

走进来的时候，黛比·纽伯格探员收起了警徽。"嗨，金妮。"

"嗨。"金妮说。

"要是你不介意，我得跟西奥多单独谈一谈。"

胳肢窝的母亲对此或许有些吃惊，但她没有表现出来。胳肢窝想或许世上没什么能让她吃惊了。

"来吧，金妮，让我们去看看会有多少人给我们照相。"胳肢窝的母亲说完，拉着金妮一起出去了。

纽伯格探员跟胳肢窝一起坐进了沙发。"你可真是个英雄。"她说，双颊微微泛红。

胳肢窝耸了耸肩。

"我只是想让你知道我已经接手了其他案子。我告诉上司所有的线索都断了。况且事实上，就为了两张假票也不值得去查了。"

"所以你不打算去找那个票贩子了？"

纽伯格探员摇了摇头。

"明白了。"胳肢窝说，竭力想让人觉得这事对他无关紧要，但还是掩饰不住一丝淡淡的笑意。假扮正经对他来说太难了。

"我能在你的石膏上签名吗？"

"呃，当然。"

他把金妮刚刚用过的记号笔递给她。

纽伯格探员托着他的石膏，正要落笔时忽然问道："那么，你希望是致西奥多，还是胳肢窝？"

"呃……"

如果这是个测试的话，他已经露馅了。

她冲他挤了挤眼。"别担心。就像我说的，已经结案了。"

"那你是怎么发现的？费利克斯跟你说的？"

"费利克斯？他知道？"她看上去的确是吃了一惊，"不是的。我只是把二和二加到一起，就得到了四。"

他就知道她早晚会知道的。"我真的不知道票是假的。"他说。

"哦，我猜也是那样。买到真票的那人告诉我 X 光把票卖给他时一脸不情愿，因为他答应要给朋友了。当时我还以为 X 光只是想借机抬高票价，但后来我忽然想到……你就是那个朋友。"

"X 光这个人真的不坏。"胳肢窝说。

"只要能学会管住自己的嘴巴，他就不会有什么事。"纽伯格探员说。

他看着她写下她的名字。"我一直挺喜欢你的。"他告诉她，"我觉得你很酷，又聪明，对你撒谎什么的，我感觉很糟糕。"

纽伯格探员抬起头，笑了笑。"没有伤害，就不算犯规。"说完她写下了名字的最后一笔。

凯拉睁开眼睛，朦朦胧胧地看到弗雷德正低头看着她。他穿着一件薄薄的蓝色病号服，要不是疼得太厉害，她可能已经笑出声了。

"感觉怎么样？"他问她。

她想说话，但几乎张不开嘴，她脸上裹着厚厚的绷带，只能通过扎在手臂上的输液管来获取营养。

她的声带也出了问题，只能发出一种粗哑的低音。弗雷德凑近点去听。

"谢谢你冒着生命危险救了我。"

弗雷德碰了碰她的手臂。"德莱昂小姐，我只是在尽我的职责。"说完他眨了眨眼睛。

他准备直起身，但她一把抓住了他的胳膊。她还有话要说。他只得把耳朵凑到她嘴边。

"很抱歉，以前我就是个十足的傻蛋。"凯拉说。

35

在接下来的两个月里，越来越多的人在胳肢窝的石膏上签了名，其中大都是女性，她们的名字上还点缀着桃心和花朵。他的经济学考试没有不及格，只是记成了缺考，后来他补考得了八十九分。

他太走运了，他很清楚这一点。要是杰罗姆·佩斯利真把凯拉杀了，那他就得在大牢里度过余生了。

球棒上有他的指纹，刀是他房间的，在他的房间里还发现了凯拉房间的门卡。比利小子接下来的信中还会找到他的血迹和毛发。而且还有他的犯罪记录，以及在咖啡馆里众所周知的争执。

"如果我是陪审团的一员，连我自己都会投票定自己的罪。"他说。

"不，你不会有事的。"X光安慰他说，"你怎么会有那根球棒？又不可能从奥斯汀带过去，你的背包里塞不下。还有，难道是金妮伪装发病，好让你能遇到凯拉·德莱昂？你能让黛比·纽伯格来帮你调查？她应该会发现有一大笔钱失踪了。再说了，你的头发和血样又怎么会到信封里？莫非你一边梳头一边写信的时候把自己给划伤了？这种诬陷太明显了。要是你打算陷害别人，那就得做得更巧妙一点。"

"你应该当律师。"金妮说。

"律师。"X 光仔细地考虑说，"你算说到点子上了。我很擅长说服别人。"

"换句话说就是胡扯。"胳肢窝说。

他们三人坐在金妮的房间里，还有她的所有毛绒玩具。

结果，原本要用来证明西奥多·约翰逊有罪的证据如今却证明了杰罗姆·佩斯利是有预谋的——说明他是蓄意谋害凯拉。但小天才艾尔对一切都供认不讳，所以看来是不需要审判了。

当旧金山地方检察官告诉胳肢窝这个消息时，他还有点失望。要是举行庭审，他就可以回一趟旧金山，再见见凯拉。没准他们还能再一起去唐人街，吃几个热气腾腾的肉包子。

胳肢窝一直没有收到她的信，他想过主动联系她，但不知道该上哪儿或怎么才能找到她。

"你不应该打电话给她。"X 光说，"她应该打给你！连个谢谢都没有！她可真是个忘恩负义的……"X 光住了嘴，因为金妮还在。

"她这段日子过得不容易。"胳肢窝说。

从报纸上的报道来看，凯拉的生活一团糟。那个名叫艾琳的女人把巡演的钱几乎全卷走了，很多人等着领工资，还有很多买到票的观众等着赔偿。报纸上说，凯拉已经破产了。不管剩多少钱也会被律师和会计师们瓜分。当然，他意识到了，跟自己这样的人相比，破产对于凯拉这种人具有完全不同的意义。

几个星期以前，艾琳在伯利兹被捕了，但是赃款始终没追回。一名警探发现西奥多·约翰逊的机票是从网上购买的，一张飞往哥斯达黎加署名为丹尼斯·莱纳瑞尔的机票也是通过同一台电脑在网上订购的。

对凯拉而言，比损失金钱更可怕的是失去了好嗓子，医生说她可能再也没法唱歌了。

胳肢窝打量着金妮的毛绒玩具。就像看不到东西的猫头鹰胡特、听不到声音的小狗黛西一样，凯拉或许成了一个唱不了歌的歌手。

36

然而，凯拉又唱歌了。

那是在二月末，胳肢窝正要起床时就从收音机里听到了她的歌声。

　　　　这是一种失落的孤独的感觉，
　　　　带着伪装从梦中醒来，
　　　　我躺在床上，望着天花板，
　　　　不知道我是谁，
　　　　而我能完全了解的，
　　　　又那么少……

　　她的声音听起来很脆弱，就像精致的水晶一样随时可能被打碎，但每个音符都那么真实，那么清晰。没有伴唱，没有精巧的乐器伴奏，只有一台钢琴叮叮咚咚地发出轻柔的乐声。

　　　　但我正迈着小小的步伐，
　　　　因为我不知道会走向何方。
　　　　我正迈着小小的步伐，
　　　　我不知道该从何说起。
　　　　小小步伐，
　　　　努力振作，

或许我会找到我的方向……

胳肢窝轻轻地笑了，尽管他的喉咙哽住了。

　　就这样度过每一天，不再受伤，
　　似乎是我最好的希望。
　　就像洒在你运动衫上的咖啡那样，
　　没有任何图案。
　　一切都那么不确定，
　　难以应对……

哽在喉咙里的东西化成了眼泪。

　　但我正迈着小小的步伐，
　　因为我不知道会走向何方。
　　我正迈着小小的步伐，
　　我已经忘了如何玩耍。
　　小小步伐，
　　努力振作，
　　或许我会找到我的方向……

那些咖啡渍还留在他的运动衫上，他母亲试过要洗掉，但它们永远地留了下来。

> 如果有一天，小小步伐将我带到你身边，
> 请不要急着告诉我你所有的感觉。
> 你不必代我去聆听。
> 如果我轻轻地叹气，
> 请看着我的眼睛，
> 让我知道我真实存在……
>
> 于是我们迈着小小的步伐，
> 因为我们不知道会走向何方。
> 我们会迈着小小的步伐，
> 我们还有太多的话要说。
> 小小步伐，
> 手牵着手我们一起走，
> 或许我们会找到我们的方向……

凯拉没说她还会见他，只是说"如果"。胳肢窝明白这首歌可能意味无穷，也可能毫无意义。也许只是受他启发创作的一首歌，那样也不错。不管怎样，他很高兴听到她

又唱歌了。

不管怎样，他不能让自己的生活老围着凯拉·德莱昂转。他有自己的小小步伐要实现：第一，从高中毕业；第二，在奥斯汀社会学院就读两年；第三，成绩优秀，转入得克萨斯大学就读；（杰克·邓利维想让他主修景观建筑专业，但他不确定自己下半辈子还愿意挖沟。他在考虑学职业疗法，这样他就能帮助像金妮这样的人了。）第四，不再干蠢事；第五，甩掉"胳肢窝"这个绰号。

> 小小步伐，
>
> 因为我不知道会走向何方。
>
> 小小步伐，
>
> 我只是一天又一天坚持。
>
> 小小步伐，
>
> 我总能振作起来，
>
> 然后我或许会发现
>
> 走在路上的我究竟是谁……

图书在版编目（CIP）数据

追梦少年／〔美〕萨奇尔著；徐海幱译 .－海口：
南海出版公司，2015.4
　ISBN 978-7-5442-7712-9

　Ⅰ.①追… 　Ⅱ.①萨…②徐… 　Ⅲ.①儿童文学－长
篇小说－美国－现代 　Ⅳ.① I712.84

　中国版本图书馆 CIP 数据核字 (2015) 第 056996 号

著作权合同登记号　图字：30－2014－080
SMALL STEPS by Louis Sachar
Copyright © 2006 by Louis Sachar
Simplified Chinese language edition published by agreement with
Trident Media Group, LLC, through The Grayhawk Agency
All Rights Reserved.

追梦少年
〔美〕路易斯·萨奇尔 著
徐海幱 译

出　　版　南海出版公司　　(0898)66568511
　　　　　　海口市海秀中路 51 号星华大厦五楼　　邮编 570206
发　　行　新经典发行有限公司
　　　　　　电话 (010)68423599　　邮箱 editor@readinglife.com
经　　销　新华书店

责任编辑　秦　方　李　爽
装帧设计　江宛乐
内文制作　王春雪

印　　刷　河北鹏润印刷有限公司
开　　本　850 毫米 ×1168 毫米　1/32
印　　张　8
字　　数　135 千
版　　次　2015 年 4 月第 1 版
印　　次　2024 年 7 月第 10 次印刷
书　　号　ISBN 978-7-5442-7712-9
定　　价　35.00 元